MOISSONS
NOIRES

Créé et dirigé par Romain Naudin

OXYMORT

www.moissons-noires.com

FRANCK
BOUYSSE

OXYMORT

MOISSONS
NOIRES

Première partie

Ouverture

C'était tout de même pas si difficile que ça de mourir. Quelque chose qu'il fallait faire un jour ou l'autre. Ça ne devait pas faire bien mal, vingt centimètres de lame froide dans le ventre. Il ne s'était pas foutu de la gueule du type. Du premier choix, cette lame. Achetée à un armurier de la rue de la Cité aux airs de Robert Mitchum.

Avant d'enfoncer la lame dans les tripes du type, il s'était renseigné, puis entraîné à chercher le foie et les poumons. Au moment de passer à l'acte, l'instinct avait parlé. Un surgissement primal. Il s'était vite rendu à l'évidence que trouver l'un ou l'autre des organes visés n'était pas important ; que ça laissait suffisamment de traces pour entraîner la mort. Même pas tâtonné. Alors le foie, les poumons, il ignore s'il les a touchés, mais ce qui est sûr, c'est que le type a couiné comme un goret et saigné pareil. Comme si Dieu avait rejoint ce corps qui tendait le bras. Son propre bras, prolongé par un couteau, s'enfonçant et se retirant, et s'enfonçant de nouveau dans la souille des organes dévastés. Quelque chose de l'ordre d'une puissance descendue de très haut, comme quand le ciel s'écaille sur fond noir dans l'air torréfié. Il avait au moins pris soin d'éviter le cœur, parce qu'il voulait le garder intact pour plus tard. Voir à quoi ressemblait un cœur d'enfant de salaud.

Ce que le type avait pu crier. Aurait-il crié aussi fort s'il avait su où il se trouvait, là où personne ne pouvait l'entendre pour venir à son secours ? Sûrement, vu que ça ne se commande pas. Alors, le type avait crié, ça oui, à s'en faire exploser les cordes vocales. Et ça en avait pris du temps, de le regarder crever, sans compter qu'on ne sait jamais quand le processus commence vraiment. Puis le type s'était finalement calmé, en même temps qu'il se libérait de litres de sang poisseux imprégnant la terre battue de la cave.

Il s'était assis pour attendre d'être certain que plus rien ne s'exprimait dans le corps du type. Lorsqu'il s'était relevé, il avait vérifié une dernière fois les liens fixant la dépouille au mur, puis avait jeté un ultime regard à la tête basculée en avant, aux cervicales en charnières vidées de leur mémoire de rappel. Le sang qui avait giclé sur ses mains, ses vêtements et son visage était désormais sec. Il était ensuite sorti de la cave en refermant la porte derrière lui. Et il avait monté les marches menant à l'étage, progressant jusqu'au salon où l'attendait son morceau préféré d'Eurythmics : *Sweet Dreams*.

Ainsi qu'une certaine tristesse.

I

Nuit horizontale.

Nuit verticale.

Pas vu la lumière depuis deux jours.

Deux jours que je me réveille avec un terrible mal de crâne, que je ne sais pas pourquoi je suis enfermé ici, dans une pièce froide et humide, que je n'ai aucune idée de ce que j'ai mangé, que l'odeur de ma sueur ne parvient plus jusqu'à mes narines, que mes doigts n'ont rencontré que des murs. Deux jours que je me libère dans un seau rempli d'eau de Javel. Deux jours que je suis réduit à un animal piégé au fond d'un trou.

Une menotte prolongée d'une chaîne fixée au mur m'enserre le poignet gauche.

La chaîne mesure environ trois mètres. La longueur nécessaire pour atteindre la porte, l'effleurer. Ce qu'il faut pour me faire parfois oublier la menotte et avoir la sensation qu'on m'arrache l'os du poignet, comme s'il s'agissait d'une souche pourrie.

J'ai beau chercher, je ne comprends pas ce que je fais là. Pourquoi moi ? On s'est probablement trompé de personne. Je fouille dans ma mémoire à la recherche du moindre indice. En vain.

Je me souviens du basculement, le moment où je m'apprête à monter dans ma voiture, d'un choc à la tête, et puis plus rien. La blessure à l'arrière de mon crâne est en voie de cicatrisation. Je gratte fréquemment la croûte de sang qui s'est formée, et ça saigne de nouveau.

C'était mardi, je crois. Mardi, le jour où on m'a imposé l'obscurité sans aucune raison apparente.

Le jour 0.

Deux jours…

Deux jours durant lesquels je n'ai entendu que ma propre voix, que ce son qui me terrifie. Je voudrais que la vie jaillisse d'ailleurs, de n'importe où, quelle qu'elle soit, qu'elle jaillisse.

Deux jours que le désespoir m'envahit à la manière d'un cancer incurable, que ma moelle ne fabrique plus de liqueur, qu'elle se laisse aller à absorber ma peur et à la remiser jusqu'au plus profond de mes os.

N'importe qui serait déjà devenu fou. Pas moi. Je lutte. J'ai appris à lutter. Depuis que je suis gosse, je me suis entraîné à m'enfouir sous les draps, à fuir la lumière, les cris. Alors, je tente le coup. Ici. Et je ferme les yeux, pour voir si ça change quelque chose. Juste pour voir. Fermer les yeux et constater qu'il existe plusieurs sortes d'obscurité. L'obscurité imposée est noire, insondable, sans espoir. L'obscurité volontaire constitue le rendez-vous des souvenirs, et nourrit l'espoir. Mes sens se donnent rendez-vous dans l'une et dans l'autre, à tour de rôle.

Et ce silence, parfois violé par d'étranges bruits. Courtes séquences de Morse.

On me glisse toujours mon repas lorsque je dors. Plus d'une fois, j'ai tenté de rester éveillé pour surprendre l'arrivée du plateau, mais je n'y suis jamais parvenu. À croire qu'on m'épie en permanence.

Je prends lentement conscience de ma condamnation, seconde après seconde. Je suis incapable de me projeter au-delà de ce temps primordial, scandé par les battements de mon cœur, comme si des mains frappaient la peau tendue d'un tambour. Rythmant ma progression, immobile en pleine mer Noire. Moi, ce galérien serti dans une coque de noix, qui n'a aucune idée du mouvement qu'il imprime. Le pourquoi de cet effort inhumain. Ce qu'il signifie de l'autre côté de la porte. À qui cela fait-il sens ?

Deux jours. Je le sais, parce qu'on m'a laissé ma montre, certainement pour que j'appréhende l'extrémité des jours. Les aiguilles, iridescentes et obstinées. Le défilement du dateur. Ma seule réalité. Pendant que je remonte le temps, cherchant ce qui m'a conduit ici. Un indice. Penser à ma vie d'avant. N'importe quoi ferait l'affaire. Ma survie passe par là.

Ce qui s'est passé avant le jour 0.

Le jour 0…

*

0 – 2 jours : je me réveille en mâchant l'alcool de la veille. Lilly est nue, son corps collé contre le mien, ses longs cheveux couvrent mon visage. Elle m'a réveillé au milieu de la nuit pour faire l'amour. Je me souviens de la surprise de me retrouver en elle, dressée telle une pierre de faîte, de la sentir se balancer au-dessus de moi, de m'approcher au bord du précipice, de le repousser, avant de finir par m'y jeter, ivre.

À présent, elle dort. Je me glisse hors du lit. J'aimerais simplement pouvoir appuyer sur un bouton pour obtenir un café bien chaud ; avoir pensé à mettre de l'eau dans la réserve, un filtre et deux cuillérées de café en poudre. Le matin, les gestes ne vont pas de soi. Fondu enchaîné de mouvements. Maladresses. Une plage de sable brun, du placard à la cafetière. Ne jamais retenir la leçon. Je me dis que je nettoierai plus tard, lorsque les yeux seront mis en orbite dans leur ciel d'iris bleu.

J'entends bientôt le bruit de l'eau qui s'écoule dans le capillaire. Enfin. La première gorgée, brûlante, et toujours ce même ravissement du corps. La véritable sonnerie du réveil interne. Puis je m'assois, afin de rassembler ce petit univers de sensations. J'allume la première cigarette. Réflexe dans l'aube étirée. Et, tout au fond de la gorge, le goût d'une nuit parcourue en tous sens.

Je termine mon atterrissage en prenant contact avec le sol à plusieurs reprises, avant de me poser sur le lino froid. Je décide de ne pas me raser. Je prends une douche, j'enfile un jean usé, une chemise souvent portée. Ensuite, j'enfourne quelques affaires dans ma sacoche, des copies corrigées la veille, des jugements sans appel à l'encre rouge, entre les pattes de mouches.

Lilly dort toujours. Je me penche au-dessus d'elle, la regarde un moment, puis dépose un baiser sur son épaule, à l'endroit même où un papillon tatoué tente de s'envoler. Je ne veux pas la réveiller. Je ne veux pas que l'insecte s'envole. Je ne veux pas que les choses changent. Je griffonne un mot, qui dit qu'on pourrait se retrouver à midi pour manger un morceau ensemble, si le cœur lui en dit.

Ma Coccinelle de 1967 démarre au quart de tour, *Strange Fruit*, dans l'ovale de la coque. Je laisse pendre mes rêves à des branches sans écorce. Cordes de chanvre, imprégnant la zone génératrice. Étranges fruits suspendus, qui tombent, tantôt mûrs, tantôt pourris. Toujours la même émotion. Chercher les points d'impact. Ne jamais rien trouver. Paiement cash. Jamais d'avance.

Puis je me concentre sur une suite de petits bonheurs à mettre à l'actif de la journée à venir. J'enclenche la première, les yeux rivés sur le pare-brise. Je dessine mentalement le sourire de Lilly, puis actionne les essuie-glaces pour chasser la condensation. Deux battements de cils plus tard, il n'y a plus de buée, mais toujours un sourire.

« Southern trees bear a strange fruit
Blood on the leaves and flood at the root
Black body swinging in the southern breeze
Strange fruit hanging from the poplar trees… »

Je roule sur le boulevard extérieur, entouré de conducteurs se prenant pour des pilotes de F1, mettant en pratique les accélérations et décélérations, les fesses collées au canapé du salon, à regarder le Grand Prix dominical, une cannette de bière incrustée dans la paume de la main en guise de levier de vitesse. Caméra embarquée dans l'étroit cockpit formé par leur boîte crânienne. Coulée d'adrénaline par procuration, avant la météo et les informations du soir. Le lundi, il faut bien lâcher les chevaux, et se défouler sur l'abruti dans sa vieille bagnole pourrie, quand il suffirait de se caler à cinquante kilomètres à l'heure pour prendre tous les feux au vert.

C'est toujours après le cinquième feu que j'entre dans la semaine, que mon cerveau endormi s'absente. Légume-fruit le week-end, se laissant porter par les éléments. Légumeracine le reste du temps, puisant aux sources du savoir. Un magnifique légume bien mûr au volant d'une Coccinelle 67, une sacrée gueule quand même, et aussi un goût de jamais vu.

Je me gare sur le parking du collège. Au même moment, « Mlle Bovary » descend de son coupé. Bovary n'est pas son vrai nom. Je l'ai baptisée ainsi parce qu'elle arbore en permanence l'intense jovialité des gens infiniment tristes au-dedans. En réalité, Mlle Bovary s'appelle Suzanne Schmidt. Elle ressemble à un Indien sur le sentier de la guerre. Elle porte une longue robe orangée ornée de motifs psychédéliques et une paire de sandales qui ont dû lui servir à rentrer de Woodstock. Elle me fait l'effet de ces gens qui semblent toujours avoir eu cinquante ans, ces gens dépourvus de beauté et de laideur aussi. Un juste milieu qui n'a jamais dû l'aider en rien dans sa vie.

Le trompe-l'œil doit avoir un paquet de kilomètres au compteur. Miss Bovary a beau changer souvent de voiture, ça ne résout pas le problème. J'avoue que je donnerais volontiers quelques billets pour assister à l'un de ses cours de français, juste pour voir comment elle meurt chaque jour. J'ai entendu dire, en salle des profs, qu'elle a été mariée à un artisan plâtrier. Qui pourrait croire une chose pareille ? En y réfléchissant, c'est peut-être à cette occasion qu'elle a appris les rudiments du maquillage, car sa peau tient plus d'une cloison apprêtée que de l'épiderme satiné d'une geisha.

— Comment allez-vous, cher collègue ?

« Cher collègue. » C'est pas cinquante, mais cent ans qu'elle doit avoir pour parler comme ça.

— Pas trop mal, je réponds.

Elle me tend une joue crémeuse. Une odeur de naphtaline m'envahit, me donnant envie de gerber. Les conversations convenues du lundi matin me dépriment, tous ces week-ends fabuleux passés à s'ennuyer. Ce que je distingue au fond de son regard, ce que ses mots, à elle, ne parviennent pas à contredire.

Elle a lu un livre merveilleux. Il faut à tout prix qu'elle me le prête. Un chef-d'œuvre qui fait prendre conscience de sa place dans l'univers au commun des mortels. Rien que ça ! Pour moi, juste un truc illisible, dont le titre seul suffit à me dégoûter à jamais de ce genre de littérature. Mais c'est important d'en passer par là. Ça se mérite. Des rayons lumineux plein les pages, à ce qu'elle me dit. C'est que j'en ai toute une pile de ces bouquins primordiaux, aimablement prêtés par Mlle Bovary. Une pyramide désespérante.

— Je n'ai pas pu le lâcher, ajoute-t-elle.

Mais je n'aurai pas à le lâcher, puisque je ne le prendrai même pas en main. Le courage me manque de refuser l'offrande, de dire que ça ne m'intéresse pas, que j'en ai rien à faire. Et je dis :

— J'ai hâte de le lire.

Décidément, je fais bien partie du même monde qu'elle. La même humanité.

Ce refus de décevoir.

2

Enfermé.

Enfer… mé.

La pire des choses à vivre pour un homme. Une forme de damnation. Normalement, un sort réservé aux morts – selon l'idée qu'on m'a inculquée enfant, pendant les heures de catéchisme. À écouter que Dieu récompense la souffrance et punit la jouissance. Conneries. Je n'ai rien vécu et je suis encore vivant. À peine. Je respire. Je me concentre pour être certain que les molécules d'oxygène baignent mon sang et se propagent dans mon corps, dissolvent l'organique, le réduisant en perplexité physiologique, puisque je ne sais pas pourquoi je me bats. Pourquoi continuer ?

Si c'est le début du combat.

Ou la fin.

S'il s'agit vraiment d'un combat.

Et le silence.

Ce silence…

Toujours aussi entêtant.

Pas le moindre bruit.

Pas même un papillon de nuit pour attirer une étincelle. Pas même les pattes d'un rat pour décoder l'obscurité. Double enfermement, double tour.

Je me réveille d'un sommeil inacceptable. Je bute contre le plateau avec mon pied gauche. Ce qui se trouvait dessus tombe au sol. Je palpe. Quelque chose comme des nuggets de poulet froids. Mon visage se liquéfie sans que je ne puisse rien faire pour contrecarrer ma réaction. Des larmes noires coulent de mes yeux. Noires, comme tout le reste ici. Je me roule en boule au sol en position fœtale. Je ressens un déluge de spasmes qui ne suffit pas à me noyer. L'obscurité se met à vaciller tout autour, à tournoyer dans mon corps. Les yeux grands ouverts, je cherche désespérément quelque chose à accrocher.

Une vague d'impuissance et d'incompréhension me submerge. Deux sœurs siamoises, qui deviennent le corps unique de mon désespoir. Ma tête est remplie de particules de lumens prisonniers. La matière explose entre les os de mon crâne. Rien à comprendre. Ma vie. Lisse comme la surface d'un étang en plein mois d'août. Une feuille de papier vierge d'encre et de sueur. Des raisons de perdre la raison. Des raisons d'en finir sans savoir quand ç'a commencé.

J'essaie de me rassurer en espérant qu'on me recherche activement. Lilly doit être morte d'inquiétude. Ne doit pas comprendre ce qui se passe. Doit imaginer le pire. Ne doit pas lâcher prise. Je me raccroche à cet espoir. Me convaincre que je me suis absenté de ma propre vie pour quelques heures, quelques jours. Dehors, des gens pensent à moi, ne veulent pas me perdre, se battent, quand je me débats comme une volaille à qui on a coupé une aile, pour ne pas qu'elle s'échappe de la volière. Parce qu'on veut la rendre folle à se jeter contre le grillage, parce que ça fait marrer quelqu'un qu'elle recommence, qu'elle ne retienne pas la leçon, la volaille.

Je ne suis pas une vulgaire volaille.

Je me lève, j'avance. Chaîne tendue. Je décris un arc de cercle incomplet, à petits pas chassés, bute à droite sur la porte, à gauche sur le mur. Je tends ma main libre. Elle ne rencontre aucun obstacle. Mes doigts se crispent, broient l'obscurité qui s'échappe des jointures en atomes de nuits, revenant à leur état initial, aimantés les uns aux autres.

Mon cœur s'emballe, je n'y peux rien. Toujours plus de terreur en moi. Je recule. Une main en arrière. Touche le mur. Au moins ça. Et je m'assois. Les yeux noyés sous mes paupières.

Une abscisse de lumière apparaît sous la porte, sans que mon imagination y soit pour quelque chose. L'espoir d'un changement ; un élément nouveau dans l'espace et dans le temps. Des pas accompagnent la lumière. Comme on traîne les pieds quand on est épuisé, ou vieux, ou malade. Un bruit métallique, sûrement un trousseau de clefs qu'on secoue. Une respiration, ressemblant au chuintement d'un animal blessé. La proximité du vivant, quel qu'il soit, juste derrière la porte. Inaccessible sous-sol de ma conscience. Les mots restent coincés au fond de ma gorge. Je me ressaisis. La seule chose à laquelle je pense à ce moment précis, crier : « Pourquoi ? »

Pourquoi cette abscisse désordonnée sans légende, cette absence de points dans l'espace ?

Je crie.

Je crie encore et encore.

Pas de réponse.

Puis tout disparaît d'un coup : la lumière, le bruit.

Plus rien.

Je suis perdu dans un trou noir.

« Pourquoi ? »

Je crie toujours et il n'y a personne pour m'entendre. Pour m'écouter.

Plus personne.

Je me mets à frapper la porte avec mes poings, me déchaîne sur la paroi. Un moment, je crois l'enfoncer, sans imaginer un seul instant que c'est exactement le contraire qui se passe.

Je m'arrête seulement de cogner lorsque la douleur devient trop forte. Mes phalanges me lancent des signaux de détresse. Un liquide poisseux s'en écoule, sans que je puisse évaluer l'étendue des dégâts. Pas du sang. Il faudra faire avec cette douleur supplémentaire, avec l'absence de distance entre elle et mon cerveau.

Et je glisse le long du mur, sans jamais m'évanouir.

Je glisse.

*

0 – 5 jours : je suis seul, Lilly a dormi chez sa mère. J'ai regardé la télé très tard en compagnie de quelques verres. Une série américaine mettant en scène un serial killer. Je me

souviens de cette citation de Franz Bartelt : « D'une certaine façon, les tueurs sont les nègres des honnêtes gens. Ils réalisent leurs fantasmes. »

Je n'ai pas sommeil. Je reprends mon livre en cours et me retrouve instantanément dans un bar idéal du Montana, encadré par James Crumley et James Lee Burke, à écluser des bières et à écouter les Doors, accoudé au comptoir. Un univers de barrières défoncées à coups de pare-chocs, de quintes de toux, de rires gras, de dialogues à l'arme blanche et de brelans d'as.

Vers deux heures du matin, je sombre au milieu de la fureur, sans jamais être en mesure d'atteindre mon lit. Puis je m'endors sur le plancher d'un mobile home, au beau milieu d'un désert en pleine glaciation. Je sens le vent rassembler les grains de sable, et les agglutiner en une rose minérale. Mon seul oreiller.

Au matin, je donnerais cher pour faire la connaissance du vieux Geppetto. Poser cette gueule de bois. Je tends une main, j'appuie sur la touche Play, et PJ Harvey pactise instantanément avec le diable.

Je traîne mes pieds jusqu'à la salle de bains, histoire de constater les dégâts. L'alcool de la veille n'a toujours pas terminé sa course dans mon organisme.

Plus tard, j'essaie de lire un peu. Pas de cours avant quatorze heures. Je prends un bouquin posé sur une pile et l'ouvre machinalement à la dernière page. Apparemment, il ne vaut mieux pas se rendre à Cripple Creek. James Sallis a le don d'écrire des phrases qui ne rendent service à personne : « Quelque part, au plus profond de moi-même, je suis toujours assis là à attendre. »

Terminer là-dessus, c'est comme ouvrir une porte sur un enfer.

Besoin de prendre l'air. Il fait froid. Pas plus d'été indien que de carie dans la bouche de Joe Dassin. Les cloches de l'église s'en donnent à cœur joie. Concert inhabituel. Poussé par la curiosité, je m'approche de l'entrée où une foule importante s'est massée, visiblement là pour célébrer un mariage. Deux lions sculptés encadrent la lourde porte qui fait comme un entonnoir par lequel les gens disparaissent dans le lieu saint à la suite de Bach. Je me dis que le curé a dû prendre un dessous-de-table pour que les mariés puissent se payer un autel rue de la Paix.

En haut des marches, un type prend des photos. Sans doute un professionnel des reportages officiels d'épousailles. Lorsque tout le monde a pénétré dans l'église, il fait mine de suivre le mouvement, puis se retourne vers moi pour me photographier.

Je dis :

— Je fais pas partie du mariage.

— C'est pas grave, fait l'autre en shootant néanmoins. C'est dans la boîte.

Il a un drôle de sourire en me disant ça.

Durant l'après-midi, je ne croise pas Mlle Bovary au lycée. Je fais un détour par la salle des profs pour vérifier s'il n'y a pas du courrier dans mon casier. Je découvre les dates des conseils de classe de fin de trimestre, puis rejoins la salle 23. Les élèves m'attendent. Je leur parle des gymnospermes, des moins évoluées aux plus évoluées, des spores qui préparent le terrain pour les graines des angiospermes. Faire comprendre que l'évolution est une succession de hasards, que la nature n'a rien à faire de la nécessité, que rien n'est nécessaire. La nature ne fait que s'accommoder, sans jamais rien décider.

Je termine mon cours à dix-sept heures. Dans un couloir, je croise le directeur en tournée d'inspection, toujours vêtu de son vieil uniforme de La Redoute. M. Lefèvre m'apprécie pour mon sérieux et ma ponctualité, entre autres. Il m'a reçu en aparté pour me le dire, il y a longtemps. La vieille école. Il m'informe des futures réunions pédagogiques – le mot préféré du directeur depuis qu'il n'en fait plus, de « pédagogie ». La courtoisie en miroir au moment de se souhaiter une bonne fin de journée.

En quittant le lycée, je m'arrête chez un traiteur pour acheter de quoi dîner, puis passe chercher Lilly à la fac. Elle m'attend sur le trottoir.

La magie opère à deux reprises durant la soirée. La première, quand je fais réchauffer des quiches au saumon, pendant que Lilly prend une douche. La deuxième, quand je passe mes mains dans ses cheveux mouillés.

Puis elle opère une troisième fois. Plus tard.

3

Ma main droite me fait horriblement souffrir. Je sens des cœurs miniatures à l'extrémité de chacun de mes doigts. Si seulement ça pouvait occulter tout le reste. Cette douleur physique. Mais ça continue.

J'ai dormi à même le sol, côté pile. Je me suis réveillé avec un terrible mal de dos. Je ne sais pas depuis combien de temps. Impossible de faire le point sur les aiguilles de ma montre. J'y renonce. Tâtonne. J'essaie de deviner à quel endroit de la pièce je me trouve. Comment est faite cette foutue cave. Pas de couchette à proximité. Pas de meuble. Des joints irréguliers sous les doigts de ma main dépliée. Comme une dalle de béton. Et puis la porte, son métal froid, sous la même main. Retour au sol. Contact inhabituel. Quelque chose de froissé, qu'on a glissé par la trappe pendant que je dormais. Un morceau de papier, ainsi qu'un objet cylindrique, tout près de la feuille. Mes doigts touchent l'objet, jusqu'à ce que je comprenne qu'il s'agit d'une torche, et, dans le même temps, je prends conscience que jamais rien, ici, ne sera laissé au hasard.

Jamais.

Je presse l'unique bouton situé sur la torche. Une pâle lueur apparaît. De quoi apercevoir le sang séché sur ma main et le papier que je tiens fermement. Pas même de quoi appréhender les contours de ma prison.

Pas le temps.

Lire.

Vite.

Si seulement il y avait des mots. Ce que je crois un instant, avant de distinguer le dessin. Plutôt une ébauche : deux lignes courbes symétriques, l'une près de l'autre, et des mots, malgré tout, en dessous : « À vous de jouer, le temps presse. »

Jouer à quoi ?

Avec qui ?

La panique monte en moi. La lumière disparaît au rythme d'une bougie qui s'éteint, et tous les tarés de la Terre se mettent à danser autour de moi dans l'obscurité, sans que je puisse en attraper un seul pour le frapper.

Je crie, demande ce que je dois faire. Comment je peux dessiner si je n'ai pas plus de lumière ? Mais il n'y a déjà plus personne derrière la porte.

Durant les heures qui suivent, je pense au dessin. Il m'obsède. Je me demande ce que mon geôlier attend de moi. Comment poursuivre l'ébauche ? Je suis certain que ma vie en dépend, mais n'ai pas la moindre idée de ce que je dois faire pour continuer ce satané dessin. Si seulement il y avait encore un peu de lumière, et un crayon, je lui montrerais de quoi je suis capable à cet enfoiré.

*

0 – 8 : Lilly travaille à la rédaction de son mémoire. J'ai envie de regarder un film. Le vendredi soir, n'importe quoi fait l'affaire. Je fouille dans le meuble télé, cherchant un DVD que je n'ai pas encore vu. Je tombe sur *Les Chiens de paille*, de Sam Peckinpah. L'histoire me saute à la gorge comme un pitbull assoiffé de haine et de sang. À l'issue du film, je demeure de longues minutes à ressasser la montée en puissance de la violence, l'imperceptible déclic, jusqu'au drame. Puis je fais glisser les images sous le tapis de ma conscience. Je sais où ça me mènera.

Le samedi matin, on se rend aux halles à pied. On achète des filets de rougets, des crevettes grises, deux tartelettes aux myrtilles et une bouteille de gaillac rouge. Ensuite, Lilly lèche les vitrines pendant que j'imagine son corps nu. Je m'attarde plus que de raison devant une boutique de lingerie. Elle s'en amuse. Je lui dis qu'on devrait entrer. Elle ne se fait pas prier. J'entre avec elle dans la cabine d'essayage. Je n'ai plus rien à imaginer.

Nous marchons dans la rue, main dans la main. Arrivons bientôt devant le cinéma. Tandis que je parcours des yeux la vingtaine d'affiches de films, j'ai la sensation étrange d'une lourdeur sur mon épaule. Je me retourne. Des gamins sur les marches de l'escalier menant aux guichets. Pas eux. Je balaye l'espace en désordre. Des gens en retard, qui courent pour prendre un ticket. Sous le porche, un type regarde sa montre avec insistance. Probablement un rendez-vous manqué. Au-dehors, de l'autre côté du rond-point, je perçois la devanture d'un bistrot : les meilleures bières de la ville, à ce que dit l'enseigne. Durant quelques secondes supplémentaires, je brasse à nouveau l'espace, puis reviens à la main de Lilly et aux affiches alignées, sans saisir le point de rupture qui m'a fait me retourner. Lilly perçoit mon trouble. Elle me demande ce qui se passe. Je réponds que j'ai cru voir quelqu'un que je connais, mais que je me suis trompé.

Nous retournons aux halles pour manger un morceau. Il est 12h45. À certains moments, on coupe par des ruelles transversales, apercevant des gens qui montent ou descendent. Corps profilés qui se déplacent sur des escalators invisibles. Se dissimulant du reste du monde, regards baissés, ou prenant la pose. Les intersections sont comme des brèches entre les murs de pierre, des échancrures dans le tissu de la ville, qui charrient des hommes et des femmes. Plus je m'approche de la façade des halles, plus je sens mon corps s'alourdir de nouveau. Débouchant sur la grande place, je prends un peu d'avance sur Lilly, puis me retourne et me mets à marcher à reculons, tout en lui faisant face. Je la laisse me rattraper, l'embrasse, puis observe ce qui vient de droite et de gauche. Qui ? Enfants. Hommes. Femmes. Aucune lourdeur dans ma poitrine. Toujours sur mes épaules. Je tente de me raisonner en repensant au film que j'ai vu la veille et au chemin que j'ai fait. Ce n'est tout de même pas un film qui va gâcher ma journée ! Juste un film où les bons gagnent à la fin. À quel prix. Et tout disparaît : la lourdeur, les rues, les gens. Nous entrons dans les halles, demandons s'il y a de la place pour déjeuner. Peu après, nous goûtons la terrine du chef, assis sur un banc, pendant que d'énormes nuages enserrent le ciel dans un étau de pluie.

4

Rester éveillé.

À tout prix.

Je veux surprendre la prochaine venue de mon geôlier à la porte. Une seule chose peut me permettre de ne pas m'endormir : la douleur physique. Je dévisse le compartiment à piles de la torche, et j'y introduis le manche de la fourchette en plastique que le type a posée sur mon plateau le premier jour. Je me rapproche ensuite de la porte. M'assois contre le mur, pose la torche de façon à ce que les dents de la fourchette se trouvent en l'air, lève mon bras juste au-dessus, en faisant appel à tous les câbles de mon corps, à toutes les connexions. Si jamais je m'endors, mon avant-bras entrera en contact avec les dents de la fourchette. Ce sera suffisant pour me réveiller.

Je ressens une douleur. Des perles de lumière dansent dans l'obscurité. Quand les obscurités superposées de mon sommeil s'annulent, elles laissent apparaître des fragments de lumière, comme des fragments de mémoire. Le dormeur dans son trou ne dort pas. Trois petites marques rouges en forme de têtes d'épingle, parfaitement alignées sur mon avant-bras.

La douleur.

Des siècles plus tard, je me demande si j'entends réellement quelque chose, ou si, à force d'écouter, c'est moi seul qui ai fabriqué le bruit. Toujours le même chuintement. Jusqu'à ce que je sois certain que le bruit existe. On approche. Je me mets à genoux face à la porte, et j'attends que le bruit s'arrête de l'autre côté.

Le bruit devient silence. Laisse place à la lumière. Encadrement rectangulaire ressemblant à une toile de Rothko. Je saisis la fourchette. La plante dans le vide. Je voudrais traverser le mur. Toucher le type avec une vulgaire fourchette en plastique ? Qu'est-ce que je crois ?

La rage monte.

Mon corps est tronçonné en couches d'instinct animal. Je perçois le martèlement des touches d'un piano dans ma tête. L'instant où le silence entre les mots est plus important que le son engendré. Il n'y a pas de silence. Simplement des intervalles cumulés qui forment la mélodie de ma propre survie.

Je me penche en avant. Je voudrais attirer la lumière. Le miracle se produit. Pas comme je l'espère. Un autre rectangle jaune se dessine sur celui, noir, de la porte, large comme un couvercle de boîte à chaussures. Les charnières basculent. Dans la foulée, deux objets roulent au sol. Je tente de passer ma main sous le volet métallique relevé, mais il se referme violemment sur mes écorchures. Je hurle. Une décharge électrique me parcourt la colonne vertébrale. Je saisis le volet pour me dégager et atténuer la douleur. Je demande qui est derrière la porte. S'il veut une rançon, je paierai ce qu'il faut ! Je trouverai l'argent, je me débrouillerai. J'implore un pardon, en ignorant quelle faute grave j'ai bien pu commettre.

Rien ne bouge de l'autre côté. La lumière est toujours là, et le silence aussi. Au-delà de mes cris.

Je réussis à me calmer au bout de quelques minutes.

Ma respiration devient plus régulière.

Je tâtonne dans l'obscurité à la recherche des objets abandonnés. Je finis par trouver des piles. Je les enfourne dans la torche après avoir retiré la fourchette. Je fais tournoyer le faisceau lumineux. Je stoppe mon mouvement au-dessus d'un fragment de papier déchiré, sur lequel courent deux lignes symétriques, ainsi que ces mots : « Vous n'avez droit qu'à deux traits. »

C'est quoi, le jeu du pendu version malade mental ? La seule façon de m'en sortir ? Jouer ? La lumière vacille déjà. Il faut faire vite. Le problème, c'est que je n'ai aucune idée de ce que je dois dessiner. Comment poursuivre les deux arcs de cercle tracés ? Ce que l'autre taré veut. Pas la moindre idée.

Je laisse aller mon bras.

Je dessine maladroitement deux formes. Ma main tremble. Une araignée en ombre chinoise, transpercée d'un pieu dont la pointe de graphite sillonne le grain du papier. Je fais le plus vite que je peux. Parce que je sais avec certitude qu'obéir est le seul moyen d'influer sur le cours des événements. Je veux garder le peu de lumière qui reste pour explorer ma prison. Le temps de distinguer le plafond. À peine à cinquante centimètres au-dessus de moi. Puis la torche s'éteint. Les charnières grincent de nouveau. Un tapis de photons se matérialise, en attendant l'offrande.

Je dépose la feuille de papier sur le sol. Un objet apparaît, un de ces ustensiles qu'utilisent les croupiers dans les casinos, pour rafler les mises. Je me penche pour essayer de distinguer la main qui tient l'ustensile, à qui appartient cette main. Ma joue gauche collée au sol, écrasée contre la terre battue. Mes yeux exorbités. La chaîne tendue du mur à mon poignet blesse mon flanc. Ma peau se déchire, comme de l'écorce dépecée par un outil de charron. Je sens ma chair se fendre. Mon sang s'accumule en anneaux de xylème. Reste bloqué. Pas mal. Je veux voir et je ne vois rien. Je vrille mon corps. J'essaie de gagner quelques centimètres. Petit lombric enfermé dans une boîte. Couvercle ajouré d'écailles de lumière. Toujours pas mal. Je suis au-delà de la douleur. Imprégné de la rouille de la terre, et des fines particules de sable. Sur ma joue grattée au papier de verre. Je veux voir, et je ne vois rien.

« Qui… qui êtes-vous ? »

Pas un mot.

Un jeu.

Un putain de jeu.

La trappe bascule. Je ne tente rien cette fois-ci. J'écoute. Je demande si on est content de moi, si le dessin correspond bien à ce qu'on attend, si on me laissera partir quand j'aurai fini. Si on me laissera sortir. Sinon, je n'ai aucune raison de jouer. Le chuintement se mue en rire, comme lorsqu'on frotte du métal contre du métal, et l'encadrement lumineux disparaît, pendant que je continue de parler, de questionner, pendant qu'un andain de lumière disparaît de mon champ de vision.

La douleur revient. Je rampe pour détendre la chaîne. Me rapproche du mur. Mon corps est meurtri, découpé en fragments incohérents.

Depuis que je suis enfermé ici, je ne me suis jamais senti autant prisonnier qu'en ce moment. Les détenus ont au moins de la lumière, eux. Ils savent le temps qu'ils doivent effectuer avant leur libération. Je prends conscience que je me trouve dans quelque chose qui doit ressembler au couloir de la mort. Un couloir de murs suintants, qui pue mon propre cadavre en devenir. J'en peux plus. Des sanglots montent dans ma gorge et restent bloqués à l'entrée de mon palais. Ma langue fouette l'intérieur de ma bouche. Mes lèvres, scellées par du mucus séché, ne veulent pas s'ouvrir. Quand les parois de ma gorge finissent par se détendre, une boule de sanglots glisse lentement en moi, à la manière d'une bille de flipper électrisant les mécaniques internes sur son passage. Mes mains se mettent à trembler, et je frappe le sol pour que ça s'arrête.

Frappe.

… que ça s'arrête.

Frappe.

Frappe.

*

0 – 11 : lycée Ronsard. Dernier jour de cours de la semaine.

Je pense déjà au week-end que je vais passer avec Lilly. Mlle Bovary est assise dans la salle des profs, seule. Elle sirote un thé en parcourant une pile de copies. Elle relève les yeux à mon arrivée et m'invite à la rejoindre.

Avant que j'aie le temps de dire quoi que ce soit, elle me demande si j'ai lu *Belle du Seigneur* d'Albert Cohen. Je réponds que non. Elle a isolé un passage du livre, presque au hasard, et l'a donné en explication de texte à ses élèves. Elle me raconte brièvement l'histoire, puis stoppe son envolée au beau milieu d'une phrase, parce qu'un livre, ça ne se raconte pas. Je retiens tout de même le prénom de l'homme au vol : Solal. Et je dis :

— Un beau prénom, qui sonne comme « soleil ».

— Ou « solitude », ajoute Mlle Bovary, en regardant où je ne suis pas.

Lorsqu'elle m'annonce le nombre de pages du bouquin, je me dis que je ne pourrai jamais lire une histoire d'amour sur mille pages. L'amour se vit. Je garde ça pour moi. Je fais ce que je sais faire le mieux : écouter et me taire.

Mlle Bovary se plonge de nouveau dans la lecture de ses copies. Elle est occupée à lire la production d'un de ses meilleurs élèves. Un courant d'air s'engouffre brusquement dans la pièce, faisant s'envoler les copies. On se retourne vers la porte.

Personne.

Je me lève pour fermer la porte. J'en profite pour jeter un coup d'œil dans le couloir. Désert. Je m'immobilise un instant, croyant entendre une voix, ressemblant à un rire étouffé. Probablement une plaisanterie de lycéen. Je regagne la salle des profs. Ma collègue est occupée à ramasser les copies éparpillées. Elle tient la pile de feuilles contre sa poitrine. Elle semble avoir oublié Solal, la Belle et le Seigneur. Elle ne veut pas de mon aide. C'est à elle, les mots des autres. Rien qu'à elle. À elle de les protéger de la tempête.

Elle ne m'entend pas quand je lui dis au revoir. Puis je me dirige vers la porte en étouffant mes pas, l'ouvre pour vérifier que personne n'écoute. Je me retrouve face à un collègue surpris, qui s'apprête à entrer. Il s'agit d'un jeune prof d'anglais avec qui je ne suis jamais parvenu à sympathiser. Un type droit comme un i. Pas le genre à écouter aux portes, le genre qui ne vous regarde jamais dans les yeux quand il vous parle.

Pas lui.

Pourtant, encore cette impression d'être surveillé, épié.

Je termine mes cours à dix-huit heures. Je regagne le parking et monte dans ma voiture, puis disparais dans le flot de la première artère. Toujours les mêmes saccades provoquées par la succession des feux. Le même sang humain. Le bruit de la ventilation me rappelle le souffle d'air qui a traversé la salle des profs. Je me concentre sur ma propre respiration, le flux et le reflux de mon corps.

Je passe chercher Lilly. Elle est fatiguée. En chemin, elle m'annonce qu'elle veut faire un break, qu'elle ne veut pas travailler de la soirée, qu'elle veut se balader un peu en ville. Ça me va.

— J'ai envie d'un bon roman, dit-elle.

— On est à deux pas de la librairie.

— OK.

Je gare ma voiture. Je fouille les poches de ma veste.

— J'ai plus de clopes, je vais au tabac, tu me suis ?

— Non, je file devant.

— Je te rejoins.

Je descends la rue des Prisons, puis entre acheter un paquet de cigarettes. En sortant de la boutique, je jette machinalement un coup d'œil dans la ruelle. Malgré la pénombre, j'aperçois un type qui reluque ma voiture avec insistance. C'est pas la première fois que la situation se produit. Je l'observe, d'abord amusé. Il n'a pas l'air d'un amateur de vieilles bagnoles, avec son air emprunté. Un véritable aficionado détaillerait la belle avec ostentation, n'attendant qu'une chose : que le propriétaire rapplique pour papoter avec passion. C'est plutôt un jeune, d'après ce que je peux voir. Il pose à présent une main sur la poignée de la portière côté conducteur. Je m'approche et l'interpelle de loin, pour savoir ce qu'il veut. L'autre se retourne. Nous nous dévisageons à une trentaine de mètres de distance. La surprise se lit sur son visage. J'ai l'impression de l'avoir déjà vu quelque part. Décidément pas un amateur d'antiquités, quand il part en courant et disparaît au fond de la rue.

Je fais le tour de ma voiture, vérifie que tout est en ordre, avant de rejoindre Lilly. Elle sort déjà de la boutique avec une poche dans la main. Un jour comme un autre, je serais quand même entré dire bonjour à mes dealers préférés, mais là, j'ai besoin de raconter ce que je viens de vivre à Lilly.

— Tu lui auras fait peur en criant, me dit-elle.

— Peut-être, mais je te jure qu'il avait l'air bizarre.

— T'en fais pas un peu trop ?

— Tu as sûrement raison, je dois me faire un film.

— On rentre ?

— Tu ne voulais pas te balader ?

— J'ai d'autres choses en tête, dit-elle en souriant.

J'acquiesce, et mon esprit s'emballe aussitôt vers des contrées prometteuses.

5

Lilly est assise sur le canapé. Elle a étiré un long pull de laine appartenant à Louis sur ses jambes repliées. La partie inférieure de son visage est enfouie sous le col roulé. Son regard est rivé aux deux téléphones posés sur la table basse, tout près d'une tasse à café vide et d'une plaquette de Doliprane oblitérée.

Elle est allée au commissariat dans la matinée. Le flic qui l'a reçue lui a dit qu'il fallait attendre pour lancer des recherches, que des individus majeurs disparaissent chaque jour, et réapparaissent la plupart du temps ; que tout adulte est en droit de se faire la malle s'il en a envie, et que, sauf en présence d'indices inquiétants, on n'ouvre pas d'enquête si tôt.

Il est désolé, le flic. Il dit ça d'un ton monocorde en notant les nom et prénom de Louis Forell sur un bloc-notes.

Lilly détend maintenant ses jambes. Repousse la table basse. Tous les objets posés dessus restent en équilibre. Elle se lève. Cherche ses cigarettes. Le paquet est près de la chaîne hi-fi. Avant de s'en saisir, elle hésite à enclencher la touche Play. Ne le fait pas. Tapote le fond du paquet et en extirpe une cigarette. L'allume. La première bouffée expulsée se perd sur les rayonnages de la bibliothèque. Lilly ne voit rien de ce qui l'entoure. Elle cherche une place, pour tenter de pénétrer le monde de Louis. Essayer de comprendre. Peut-être un indice.

La clope finit de se consumer sans que Lilly tire de nouveau dessus. Elle dépose ensuite le mégot éteint dans le cendrier. Un petit tas de cendres gît sur le parquet. Elle allume une autre cigarette, tout en examinant les tranches des bouquins alignés dans la bibliothèque, visiblement classés par format. Une pile de livres est posée sur une tablette.

Louis a l'habitude de lire plusieurs bouquins à la fois. Sur le pan de droite, un rayonnage entier est occupé par des bandes dessinées. Lilly s'arrête sur une des couvertures qui lui font face, représentant la tête d'un insecte : *Le Roi des mouches*. Puis elle pousse ses investigations jusque dans le bureau. Une photo trône sur le plateau en bois massif. Derrière le verre antireflet, une femme rit, entourée de deux enfants qui rient aussi. La première fois que Lilly a mis les pieds ici, Louis lui a dit qu'il s'agissait de sa sœur et de ses enfants. Pas de méprise. Il y a également un livre posé à côté de la photo : *Lune captive dans un œil mort*, avec un marque-page qui dépasse de la tranche. Tout près se trouve un carnet Moleskine. Lilly l'ouvre. Il est rempli de phrases, consignées par Louis, avec les titres des bouquins dont elles sont tirées, ainsi que les noms des auteurs, et parfois un film à voir, ou un livre à lire.

Tout autour, les murs sont ornés de plusieurs photos noir et blanc : Audrey Hepburn, Charlie Chaplin. Lilly reconnaît ceux-là, mais pas le grand Noir dans son costume rayé, qui tient une guitare. Il n'y a pas beaucoup d'objets dans la pièce, si ce n'est un disque de pierre incrusté d'étranges symboles ressemblant à des hiéroglyphes, un pêle-mêle garni de places de concerts et de cinéma, une boîte à cigares Romeo y Julieta garnie de stylos, une Coccinelle en métal au 1/46e sur son socle en plastique. Et aussi un meuble qui fait office de bar, avec des verres et une bouteille de whisky entamée.

Rien.

La cuisine est bien rangée. Deux tasses dans l'évier : celles que Lilly a utilisées pour boire du thé. Les placards sont garnis de vaisselle ou de condiments. Le plan de travail en inox est parsemé de traces de lames de couteau. Tout près de l'évier se trouvent quatre petits pots contenant des plantes aromatiques posés sur une étagère en fer forgé. Avant d'ouvrir la porte du frigo, Lilly détaille les nombreux magnets aimantés sur la porte : Wall-E, Astérix, Lucky Luke, des personnages de dessins animés et de B.D. collés par les neveux de Louis. Le frigo est garni, un étage pour les yaourts, un pour la charcuterie, le fromage sur un autre. Dans la porte, six œufs rangés dans des alvéoles prévus à cet effet, ainsi que deux bouteilles de vin blanc et quelques bières.

La salle de bains ne recèle rien d'autre que les ustensiles d'usage : deux brosses à dents, du savon liquide, une bombe de mousse à raser, un rasoir mécanique et une fiole de parfum pour homme, Hanae Mori. Et, dans un placard, des produits d'entretien et de la lessive liquide.

La chambre : un lit, une commode et deux tables de chevet assorties, en canne des Philippines. Une étiquette est collée sur le bois du lit. Le dépaysement tarifé par Roche Bobois. Même la poussière semble d'accord pour ne pas se déposer sur le vernis. La couette est décorée de motifs exotiques en harmonie avec tout le reste, sauf peut-être avec le portrait d'un cow-boy à l'aquarelle, accroché au mur, signé d'un certain GIR. Lilly fouille les tiroirs de la commode, y découvre des piles de chaussettes, de caleçons, de tee-shirts. Elle retourne le linge, sans savoir ce qu'elle cherche.

Quelque chose qui pourrait expliquer.

Rien.

De retour dans le séjour, Lilly ouvre les tiroirs d'un bahut. Elle y trouve des factures réglées et agrafées, quatre nouveaux carnets Moleskine garnis, qu'elle parcourt. Il y a aussi des babioles : tickets de cinéma déchirés, cartes de vœux, stylos usagés, galets, médaille de Saint-Christophe, morceau de bois flotté, entre autres. Et, dans le dernier tiroir, un album photo : des générations de Forell sur papier glacé, jusqu'à la dernière photo, comme un miroir. Elle, en portrait.

Rien.

Rien que l'absence.

Lilly retourne dans le salon, pose ses pieds nus sur le tapis de laine épaisse. Souvenirs de corps mélangés, gorgés de sueur, après. Puis elle marche jusqu'à la fenêtre donnant sur la rue, avec la pluie au-dehors. Entre chien et loup, elle regarde les corps en contrebas.

Regarde.

Rien.

Elle s'assoupit quelques minutes sur le canapé. Ne s'endort pas complètement. N'y parvient pas. Son sang bute contre ses tempes. Elle allume la télévision qui déverse des images sans cohérence. Veut ensuite téléphoner à sa mère, mais se souvient qu'elle travaille de nuit. Enfonce une nouvelle touche de la télécommande. Les mêmes images. Lilly se lève pour aller chercher la bouteille de whisky. Elle verse quelques gouttes dans le fond d'un verre. Boit d'un trait le contenu. Allume une cigarette. Invite l'alcool et la nicotine à danser. Déambule dans l'appartement.

Rien.

Les heures défilent sur le radio-réveil de la chambre, et la pendule murale de la cuisine, et l'horloge du salon.

Les heures défilent.

Il n’y a pas un seul endroit où les heures ne défilent pas, où le temps n’est pas.

Le jour se lève. Une lumière indigente glisse sur les toits d’ardoise. La pluie a cessé de tomber. Malgré les rideaux tirés, le soleil s’infiltre dans l’appartement, et la sonnerie du téléphone retentit.

6

Je me réveille d'un cauchemar. Un de plus. J'ai rêvé que le soleil s'était éteint et que l'humanité avait disparu de la surface de la Terre.

Ça me rappelle l'histoire de ce vieux sage indien vivant à l'écart d'un village. Il prédit un jour que le soleil s'éteindrait au cours de la nuit à venir. La nouvelle fit l'effet d'une bombe. Il était tellement respecté que les habitants de la région le crurent. Les hommes, les femmes, les enfants se terrèrent chez eux en attendant le désastre. Personne ne parvint à trouver le sommeil. Au matin, contre toute attente, le soleil se leva pourtant. Rien ne s'était déroulé comme le sage l'avait prédit. Les scènes de liesse se multiplièrent dans les rues. Passé ces instants d'euphorie, les gens réalisèrent que le sage s'était trompé pour la première fois de sa vie. On constitua une délégation, qui se mit en route pour lui rendre visite. Lorsque les gens du village arrivèrent devant la maison, ils ne le trouvèrent pas à l'endroit où il s'asseyait habituellement pour méditer. On frappa à la porte, on appela, et, comme nul ne répondait, on entra à l'intérieur d'une pièce sombre. Ce fut seulement à cet instant que l'on découvrit que le sage n'avait pas menti, qu'il ne s'était pas trompé, car il gisait sur sa couche. Il était mort dans la nuit. Pour une fois qu'il n'avait pas parlé au nom des autres, personne n'avait envisagé que le soleil ne se lèverait pas pour lui seul.

Puis on brûla le corps du sage au sommet d'une montagne, et personne ne retint la leçon.

Moi non plus, je n'ai pas vu le soleil depuis longtemps. L'immense obscurité de la mort, c'est quelque chose comme ça ? La vie, c'est la lumière. En quoi puis-je croire encore ? Malgré l'absence de lumière, je suis encore en vie.

Mon espoir, c'est cette équerre de lumière dessinée sur la porte. Je tente de renouveler l'espoir en changeant l'ordre des piles dans la torche, jusqu'à obtenir une lueur, enfin. Juste de quoi faire le tour de la pièce et distinguer des formes étranges, qui font comme des dessins sur les murs de pierre ; des animaux, semble-t-il, sans que je puisse les identifier. Des peintures rupestres. Des animaux fantastiques qui fuient pour échapper aux lances et aux flèches des chasseurs. Des fauves aux canines démesurées accrochées au cou de leurs proies. Des symboles et des corps déifiés. Ça me transperce. Je me demande s'il y a un lien avec ce que je dois dessiner. Ce qu'on attend de moi.

Puis la lumière s'estompe. Je secoue la torche. Rien ne change. Je me sens tel un chien au bout de sa laisse. La frustration galope partout en moi. Je ne suis plus vraiment seul. Des présences figées encerclent mon espace, des présences désormais invisibles, qui grandissent en images fabriquées sur l'écran de mon cortex. Ces esprits-là.

Me voici de nouveau plongé dans une obscurité totale. Je retire les piles de la torche et m'approche d'un pan du mur pour le parcourir de mes mains. Le mur veut me parler. Ça paraît dingue, mais je sens qu'il veut me parler. J'essaie de déchiffrer les inscriptions en braille gravées dans la pierre. Le langage miraculeux des aspérités. Les pleins et les déliés fixés sur l'ubac de toutes les montagnes jamais escaladées. La matière inerte se ferme à ma chair. Il m'est impossible de comprendre son langage. Je deviens fou. Je gratte les interstices avec mes ongles pour que la douleur me ramène à la réalité, qu'elle ne me fige pas sur ce mur, dont je ne parviens qu'à extraire des squames de ciment se mélangeant à mon sang.

Je suis dans la situation d'un aveugle qui a vu, capable de mettre une image sur chaque mot, mais une image enregistrée, classée, archivée. Est-ce que les murs que j'ai vus ressemblent à ceux de la cave ? Et la terre battue ? Et le plafond ? Et la vie minuscule qui se débat ? Toutes ces images qui dévalent l'obscurité, comme un skieur sur une pente verglacée.

Je dois me ressaisir à tout prix, sinon je vais réellement devenir dingue.

Je colle mon dos contre le mur afin d'en éprouver la dureté. Me laisse glisser. Ma peau se déchire. Une fois assis, je ramène mes genoux contre ma poitrine et je pleure, parce qu'il n'y a rien d'autre à faire. Je pleure pour tenter de contrer les délires de mon corps.

Et puis…

Du bruit dans le couloir.

Des pas.

Le scénario habituel.

Basculement du volet.

Flash de lumière.

Le temps d'apercevoir la feuille de papier accompagnée de piles électriques.

Je me précipite contre la porte :

« Je vous en supplie… Je ferai tout ce que vous voulez… Laissez-moi sortir… Je vous en supplie… Je vais devenir fou… Je vous en supplie… Veux pas devenir… fou… Veux pas… Supplie… »

Qu'est-ce que j'ai fait pour mériter ce supplice ?

Déjà, le bruit des pas s'estompe. En filigrane, j'entends le son d'une musique lointaine, rapidement guillotiné par une autre porte.

Et de nouveau le silence.

Je tâtonne en quête de la feuille et des piles. Lorsque je les trouve, je me déplace à quatre pattes pour chercher la torche et y insérer les piles. Je veux voir ce que le taré a tracé sur le bout de papier, et garder le maximum de lumière pour plus tard. De la sueur dégouline de mon front. D'un doigt, j'appuie sur l'interrupteur. Blanc. La feuille est à l'envers. Je la retourne avec fébrilité, manque de lâcher la torche, et Mike Tyson me balance une droite en pleine mâchoire :

« Vous n'avez rien compris. Il faut recommencer. Je vous aide pour cette fois, mais c'est la dernière. »

Sous ses premiers traits, mon geôlier a effacé les miens et tracé des pointillés matérialisant deux lignes courbes symétriques disposées au-dessous. Une espèce de test de Rorschach avec des ombres qui dansent sur la cellulose pisseuse.

Je ne relie pas les pointillés entre eux. J'éteins la torche et ferme les yeux pour voir si ça fait une différence, si ça m'aide à me concentrer. Je vois la tête d'un animal qui me fait face, qui brûle, se consume. La peau et la chair se disloquent, laissant bientôt apparaître un crâne et des orifices en cratères tamponnant l'os.

J'ouvre les yeux.

7

Déjà plus d'une heure que le type a glissé la feuille de papier et les piles. Je n'ai pas bougé depuis. Je compte le silence et l'obscurité.

Un, deux, trois. Poursuivre…

Quatre, cinq, six. Mon seul pouvoir de décision. Compter. Décider du moment où je prendrai le papier, mettrai les piles dans la torche et commencerai à dessiner…

Sept, huit, neuf. Au moins, conserver l'ordre. En mémoire, un strip B.D. de *Polly and Her Pals* de Cliff Sterrett : le père de Polly lit un livre et, quand la lumière s'éteint, les personnages et les animaux deviennent réels. Le vieux bonhomme allume alors toutes les lampes et les bougies, afin que plus rien ne s'échappe du livre. Je sais que mon imagination est en train de prendre le dessus, que les aurochs, les mammouths et les dents de sabre vont provoquer ma raison en duel. Peut-être que ça vaut mieux. Les seules armes que je possède sont au fond de mon crâne, il ne faut pas qu'elles se retournent contre moi…

Dix, onze, douze. Petit pantin risible, assis sur la dalle froide d'une cave. Formes incomplètes sous le crayon du dessinateur. Terreur du personnage qui ne sait pas où l'autre fou veut l'emmener. De case en case. Jusqu'à la chute…

Treize, quatorze, quinze. Tâtonner. Une main sur le sol, à la recherche des piles. Le reste va suivre. Forcément. S'enchaîner.

Le type a dessiné des sortes d'yeux stylisés. Un seul trait pour chacun, avec des lignes courbes à l'intérieur. Ça pourrait ressembler à… Non, ça ne ressemble à rien. Un putain de jeu pour les gosses. Suivre les pointillés et conserver la symétrie. Ne pas aller plus loin. Surtout pas…

Seize, dix-sept, dix-huit. Faire vite. De cette façon, je pourrai poursuivre le dessin et garder un peu de lumière pour continuer l'exploration de la grotte. J'allume la torche et me mets immédiatement au travail. Je songe à une arabesque, comme quand les oiseaux nouent et dénouent le ciel à la poursuite d'insectes. L'idée surgit d'un seul coup, poussée par ma mémoire, là où le type souhaite me conduire. Cette idée me glace, car je crois savoir maintenant ce qu'il faudra faire la prochaine fois que le dessin apparaîtra.

Mon Dieu !

Les seuls mots qui me viennent.

Quand je comprends pourquoi je suis là.

Pas de hasard…

« C'est fait ! » Je dis en cognant sur la porte.

La trappe bascule presque aussitôt et le dessin disparaît dans la lumière floue du dehors. J'attends que le chuintement disparaisse. Puis je rallume la torche, et l'océan d'obscurité bute contre les murailles silencieuses…

Dix-neuf, vingt, vingt et un. Ne pas devenir fou. D'immenses yeux sans visage me font face, maquillés de blanc. Parce qu'il n'y a rien sur les murs, à part des pierres formant un œil d'insecte. Les tourments de mon âme en quadrichromie. Et la nuit revient. Et il n'y a plus que les yeux immenses, photocopiés à l'infini par ma mémoire.

Vingt-deux, vingt-trois, vingt-quatre…

*

0 – 16 : Jeff Buckley refuse toujours de mourir à la radio, comme s'il savait par avance la froideur du Mississippi. Alléluia. Je fais danser un glaçon sur un tapis d'alcool, pendant que Lilly se prépare à rendre visite à sa mère.

Elle sort de la salle de bains, le visage entre lumière et pénombre. Elle s'approche de moi pour m'embrasser. Son sourcil droit est zébré de peau blanche. Un éclair au-dessus de l'orage permanent de ses yeux, sûrement quelque chose qu'elle ne m'a pas encore raconté. Elle porte un long manteau cintré à la taille et des bottes enfilées par-dessus la toile d'un 501. Elle vérifie le contenu de son sac à main, et dit, l'air de rien :

— Tu me parleras de tes parents, un de ces jours ?

— Oui… bien sûr, dis-je, décontenancé.

— Si tu en as envie.

— Ta mère va t'attendre !

— Ça te gêne que je t'en parle ?

— Non, c'est juste qu'on n'a pas assez de temps devant nous.

— Et si on le prenait, ce temps !

— Je m'étais pas préparé à ça.

— Ne te défile pas, s'il te plaît.

— D'accord.

Lilly s'assoit face à moi. Elle attend que je me livre. J'avale une longue gorgée de Talisker sans lever les yeux. À aucun moment. Puis je commence à parler en serrant mon verre dans mes mains.

— Mon père est mort quand j'avais huit ans. J'ai de vagues images qui me reviennent de temps à autre. Il est décédé des suites d'une longue maladie, comme on dit. En gros, il avait beaucoup trop fumé et picolé. À la fin, il avait besoin d'une bonbonne d'oxygène en permanence. Il paraît que je l'appelais « Papa Serpent », tellement il sifflait quand il respirait. Moi, je comprenais pas vraiment ce qu'il se passait, alors ça me faisait plutôt rigoler, toute cette mise en scène… cet attirail. Pendant ce temps, lui, il me souriait. Il savait qu'il allait crever d'une quinte de toux plus forte que les autres, mais il me souriait. Il savait qu'il ne verrait pas son fils grandir et il me souriait, sûrement parce qu'il souhaitait par-dessus tout que le souvenir que j'emporterais de lui ce serait ce sourire-là. Et ça n'a pas loupé.

Reprendre mon souffle.

Rassembler mes esprits.

Je m'envoie une gorgée en poste restante, pour figer mon souvenir.

Je poursuis :

— J'ai jamais rencontré quelqu'un qui ait autant de force que mon père. Du temps où il était en bonne santé, on ne pouvait pas dire qu'il était vraiment présent à la maison, toujours parti en vadrouille avec ses copains de l'usine. Il était d'une autre génération, mon père. Ma mère, elle, était quelqu'un de bien. Après la mort de mon père, elle m'a élevé comme une femme seule est capable de le faire… avec certainement trop d'amour…

— Trop d'amour ?

— Je suppose qu'elle voulait compenser le manque par l'excès. Tu sais, je ne pense pas que l'amour soit une arme, et il en faut pourtant quelques-unes pour débuter dans la vie. Elle a fait ce qu'elle a pu. Je crois bien qu'elle n'a pas vécu une seule journée sans pleurer, après la mort de son homme. Moi, je le voyais bien, même si elle le faisait en cachette. Elle est décédée brusquement, juste après l'obtention de mon CAPES. Le toubib a dit qu'elle avait succombé à une crise cardiaque, mais le cœur lâche sans raison. Elle n'en pouvait simplement plus, c'est tout. Elle a tenu bon, comme la chèvre de M. Seguin. Je t'assure qu'elle en a donné des coups de corne dans le vide, pour essayer de repousser la peine qui la rongeait. Puis, un jour, elle s'est laissée aller. J'étais devenu grand, assez grand. Je volais de mes propres ailes. Il était temps que le loup plante ses crocs dans son corps épuisé.

La main de Lilly glisse sur la table pour prendre la mienne.

— Je suis désolée, dit-elle.

— Tu n'as pas à l'être.

— Je n'aurais jamais dû te forcer.

— T'inquiète pas, je m'en remettrai, dis-je pour la rassurer.

— Je me sens tellement ridicule.

— C'est bon, je t'assure.

— Ça doit quand même faire remonter la douleur d'en parler ?

— Après tout, peut-être que j'en parle pas assez souvent pour que ça fasse moins mal.

— Moi, j'ai de la chance… Je veux dire : d'avoir encore mes parents, même s'ils sont divorcés.

— Il n'y a pas de chance ou de malchance là-dedans.

Lilly ne veut visiblement pas me laisser seul avec de mauvaises pensées en tête. Je ne suis pas certain de parvenir à la rassurer.

— Tu sais…

Je ne lui laisse pas terminer sa phrase. Je suggère :

— Tu devrais filer maintenant.

— Je peux rester encore un peu, si tu veux ?

— Non, tu as mieux à faire avec les vivants qu'avec des fantômes.

— Tu es sûr que ça va aller ?

— Mais oui, je dis avec plus de dureté dans la voix que je ne le voudrais.

— Je prends une clef.

— Comme tu veux.

Lilly dépose un baiser sur mes lèvres. Je ne sens rien. Puis elle sort.

Deuxième partie

I

Le jeune homme rentre chez lui à pied. Il loge tout au bout de la rue du Chat-Gaillard qui se termine en impasse. En marchant bien, le trajet lui prend trente minutes, depuis la boutique du centre-ville où il travaille. Il croise sa voisine qui vient d'acheter une baguette de pain à la boulangerie du quartier. La vieille dame habite la maison mitoyenne. Il a toujours un petit mot gentil pour elle, ou une attention : ouvrir son portail, lui porter ses courses à l'intérieur, lui rapporter le journal pour lui éviter de sortir lorsqu'il fait mauvais temps, jauger sa cuve à fuel.

Au final, ils se souhaitent une bonne fin de journée, puis chacun rentre chez soi.

Une fois à l'intérieur de sa maison, le jeune homme accroche son manteau à une patère, puis ouvre la porte qui donne sur la cave. Il demeure un moment immobile, à écouter si son invité n'est pas en train de gueuler, ou de cogner contre la porte. Tout est calme. Il referme la porte en la faisant claquer aussi fort que possible. Ensuite, il passe en revue la pile de CD posés près de la chaîne hi-fi. Il en choisit un regroupant des morceaux des années 1980, l'insère dans le lecteur, et P. Lion se met à saccager le silence.

La maison est immense. Elle pourrait abriter des familles entières, ou bien des gens seuls. Personne ne connaîtrait personne. On pourrait y organiser une sacrée fête pour un anniversaire, dans cette demeure. On pourrait aussi entendre le son d'un piano monter dans les étages, comme un rapace prenant de la hauteur en exploitant les courants ascensionnels de la cage d'escalier.

Aujourd'hui, plus personne ne pénètre dans cette maison, à part lui. Elle est le domaine réservé du jeune homme, le corral désert de son existence, que nul ne doit violer du regard, et encore moins fouler du pied. Chaque jour, il s'adonne au même rituel, retire une clef de sa poche, ouvre la porte dérobée située sous l'escalier central, puis s'avance à l'intérieur d'une petite pièce obscure, tel un prêtre se dirigeant vers l'autel pour prier. Sous un drap de soie tendu contre un mur, il y a des photos, certaines représentent la femme qui l'a quitté, et d'autres, des hommes sans yeux, qu'il a trouées avec la pointe d'un ciseau.

Et aussi, un morceau de Canson punaisé, avec ces mots, écrits de sa propre main :

Il y avait une cage
Accrochée sous le toit
Une bouteille sans message
Où résonnaient des voix
Il y avait un vase
Rempli de fleurs séchées
Un tapis d'herbes rases
Où enfant il marchait

Toute la vie d'un homme
En fragments d'enfance

Toute une vie en somme
Imbibée de fragrances
Comme ces jours à l'école
Où assis sur un banc
Il brûlait ses idoles
Et se perçait le flanc
Tous ces jours maudits
Où il apprit
La vérité des choses
Et la mort des roses.

Les souvenirs incendient le jeune homme. Il sort de la pièce.

Il a eu vingt-deux ans la veille. Sa mère l'a appelé pour lui souhaiter un joyeux anniversaire. Au moment de raccrocher, elle a ajouté : « Papa n'est pas à la maison, il te téléphonera sûrement plus tard. »

Sûrement.

Il est seul. Se dirige vers le frigo de la cuisine. En retire une boîte à gâteaux. Ouvre le couvercle en carton et dépose le contenu de la boîte dans une assiette : une polka débordant de crème, sur laquelle il pique vingt-deux bougies, en les serrant comme des moutons dans le froid. Il les allume à l'aide de plusieurs allumettes, en commençant par le centre, puis en tournant dans le sens des aiguilles d'une montre. Les flammes brillent, dansent et vacillent. Vingt-deux bougies allumées, qu'il regarde maintenant. Bientôt, de la cire coule le long des corps torsadés, jusque sur la crème, ressemblant à des larmes de latex au pied d'hévéas blessés. Ensuite, il inspire profondément et souffle sur les flammes. Il s'y reprend à deux fois pour les éteindre toutes. Observe une fumée noire monter et disparaître en filaments de suie. Puis, à l'aide d'un long couteau aiguisé, il coupe une part de polka, ingurgite une grosse bouchée, et la mâche lentement.

Je lui dirai les mots bleus…

« Ta gueule ! » crie-t-il à Christophe, qui poursuit pourtant.

« Mais ferme ta gueule ! Tu sais pas ce que je vis… ta putain de gueule. »

Le jeune homme éteint la chaîne hi-fi. Il prend une longue inspiration. Se rassemble.

Coupe une nouvelle part de gâteau, qu'il dispose sur un plateau. Il suit des yeux les meubles qui vont en désordre d'une extrémité à l'autre de la pièce, se lève et descend les escaliers menant à la cave. Parvenu dans un couloir sombre, il pose le plateau sur une table métallique et la fait rouler. Les roues grincent. Il s'arrête devant la porte. Cette porte, qui concentre toute son attention, derrière laquelle se trouve quelqu'un pour fêter son anniversaire avec lui. Quelqu'un qu'il connaît parfaitement, pour l'avoir souvent suivi et photographié. Quelqu'un en train de crever au fond de la cave.

Les yeux du jeune homme se mettent à briller à cette évocation. Il pense aux capitons imprégnés de folie quelque part derrière la porte. Un détenu de marque, par ailleurs. L'incarnation d'un souvenir pétri de souffrance. Cet homme, dont il veut restreindre l'espace jusqu'à l'étouffement.

Il approche une chaise le plus près possible de la porte et s'assoit.

Une feuille, à peine froissée, est posée sur la table.

Il est bien installé. Se met à dessiner, poursuivant l'esquisse.

À dessiner des arabesques à l'encre noire disparaissant de feuille en feuille, s'accumulant en gâteau d'anniversaire sans bougies.

Sa douleur.

Encore.

Encore.

Et encore.

Sa douleur nue.

Sa souffrance éperdue.

2

Le commandant Daniel Farque, cinquante-quatre ans, est fidèle au poste, assis derrière son bureau. L'hôtel de police est étonnamment calme. Plusieurs équipes sont en mission et certains collègues en congé. Farque est occupé à remplir des imprimés. Un verre de café froid est posé près de sa main gauche et personne ne pourrait dire à quel moment le liquide se déversera sur le bureau. Ce matin-là, il aurait bien dormi une ou deux heures de plus. La veille, en deuxième partie de soirée, il a regardé un documentaire sur les dérives financières des banques. Son bras ressemble à celui d'un sismographe enregistrant machinalement des informations.

Sa vie : une femme, deux enfants, une guibole en carafe qui lui fait passer le plus clair de son temps derrière un bureau. Farque est un homme simple, qui aime se coucher tard et profiter du calme d'une maison dont il est propriétaire depuis plus de vingt ans.

La plupart du temps, il passe ses week-ends à pêcher dans les lacs des environs. Peinard. Assis sur un pliant trop petit, à fumer des Gauloises et à manger des sandwichs en regardant danser des morceaux de liège multicolores, tout en discutant prises et matériel avec des mordus dans son genre. Sa vie.

Farque est maintenant en train de lire une déposition, quand le téléphone sonne. On a retrouvé une voiture dans le parking souterrain de la médiathèque. Il n'y a personne de disponible pour se rendre sur place. Il se dit que prendre l'air ne lui ferait pas de mal. Il écoute attentivement les renseignements donnés par la fille de la Centrale. Le gardien du parking a repéré la voiture depuis plusieurs jours, et, voyant qu'elle n'avait pas bougé, il a fait le 17. La Centrale a immédiatement transmis l'immatriculation du véhicule au service des identifications. La voiture appartient à un certain Louis Forell. Après avoir raccroché, Farque interroge le fichier des disparitions. Aucun avis de recherche concernant Forell. Par acquit de conscience, il passe en revue les rapports journaliers de la semaine. Découvre qu'une jeune femme, disant être la compagne de Louis Forell, s'est présentée à l'accueil pour signaler la disparition de son compagnon. Le flic qui a pris la déposition a noté un numéro de téléphone et une adresse.

Un léger picotement parcourt la nuque de Farque. Une sensation qu'il connaît bien, même enfouie sous sa couenne épaisse. Il n'a plus l'habitude du terrain, mais ça le démange encore souvent. Il attrape sa veste accrochée au portemanteau. Le verre de café est toujours posé sur le bureau. Farque rejoint ensuite le parking où l'attend une voiture de service, et démarre en prenant la direction de la médiathèque, située près de l'hôtel de ville.

Il se présente à la borne d'entrée du parking souterrain, prend un ticket, puis s'arrête dans l'allée, juste après avoir dépassé la barrière. Il descend de voiture, se dirige vers le sas dans lequel se trouve un gardien. Farque décline son identité. Coopératif, le type précise où est stationnée la voiture de Forell. Le flic roule jusqu'à l'emplacement, situé au deuxième sous-sol. La Coccinelle est bien là. Farque en fait le tour. Il constate que la poignée de la portière côté conducteur est fracturée. Il enfile une paire de gants en latex, puis parvient à ouvrir sans aucune difficulté, pratique une fouille en règle de l'intérieur de la voiture, découvre les papiers du véhicule sous le pare-soleil et une sacoche sous le siège passager, contenant quelques bouquins, des copies, un téléphone portable, ainsi qu'un portefeuille, avec une carte de crédit et vingt-six euros en liquide. Aucun fil n'a été tiré pour tenter de démarrer la voiture. « Étrange », se dit Farque. Pas d'indice particulier. Il réfléchit un moment, tente d'imaginer ce qui a pu se passer, puis rejoint le gardien pour lui demander si ce coin du parking est balayé par une caméra.

— Y'a pas un coin qui est laissé sans surveillance, répond le gardien, visiblement fier de pouvoir venir en aide au flic.

— Avez-vous une idée depuis combien de temps la Coccinelle est arrivée ?

— Mardi dernier, ça fait sept jours.

— Vous êtes sûr de vous ?

— J'adore les bagnoles, et il faut reconnaître que c'est pas tous les jours qu'on voit une vieille dame dans les parages. Alors, oui, je suis sûr de moi.

— Je suppose qu'il y a des voitures qui restent plus longtemps que ça dans votre parking sans que vous les signaliez pour autant.

— Oui, mais ceux qui laissent leur voiture ont un abonnement et, cette beauté-là, je suis sûr qu'elle en a pas, j'ai vérifié. Je connais mon boulot !

— Serait-il possible de visionner les enregistrements qui remontent au moment de l'arrivée du véhicule ?

— Vous avez de la chance, on les efface tous les huit jours. Je peux même vous faire une copie si vous voulez.

— Oui, merci… Vous n'avez rien remarqué le jour où la Coccinelle est arrivée ? demande Farque pendant que le gardien tape déjà sur son clavier.

— Une baston, ce genre de chose, vous voulez dire ?

— Peut-être, en tout cas, quelque chose de suspect.

— Non, j'ai rien remarqué.

Quelques minutes plus tard, le gardien tend un disque contenant les enregistrements de la caméra de surveillance.

— Voilà… Au fait, vous voulez que je m'occupe de faire enlever la voiture ?

— Non, ne touchez à rien. Je vais faire le nécessaire dans la journée pour qu'on effectue des prélèvements. On la récupérera après.

— Comme vous voudrez.

— Au revoir et merci de votre coopération.

— Pas de quoi, si je peux encore vous être utile, vous savez où me trouver.

De retour au commissariat, Farque se rend au bureau, puis glisse le CD dans le lecteur de son ordinateur, avant même de prendre le temps de s'asseoir.

Les images défilent. Bientôt, la Coccinelle conduite par Forell pénètre dans le parking souterrain de la médiathèque. Le conducteur s'y reprend à deux fois pour se positionner sur l'emplacement n° 789. D'où la caméra est placée, on ne distingue que le côté droit de la voiture. Forell en sort peu après, portant une sacoche, puis disparaît au fond du parking derrière une porte bleue. Environ une minute plus tard, une camionnette entre à son tour dans le parking, se gare sur la place de droite, masquant ainsi la voiture du champ de la caméra. Un homme vêtu d'un sweat noir, avec une capuche qui recouvre sa tête, en descend. Il emprunte le même itinéraire que Forell et disparaît derrière la même porte. Farque accélère le défilement du disque. Selon le compteur, l'homme au sweat est de retour au bout d'une heure environ. Il se dirige vers la camionnette et marque un temps d'arrêt. Il est positionné face à la caméra. Farque reconnaît le logo d'une marque de sport américaine sur la poitrine de l'inconnu. Son visage est toujours dissimulé sous sa capuche. Il monte ensuite dans la camionnette, côté opposé à la caméra. Il ne démarre pas.

Forell réapparaît une heure et demie après son arrivée dans le parking. Il s'arrête un instant après avoir franchi la porte bleue, puis marche vers sa voiture. Le type de la camionnette est toujours garé au même endroit. Farque perd alors Forell de vue derrière la fourgonnette. Quelques secondes plus tard, il contourne sa voiture, et disparaît de nouveau. Le flic regarde fixement le défilement de l'horloge de la caméra. Forell reste invisible. Six minutes et quarante-sept secondes passent, la camionnette démarre et s'éloigne en direction de la sortie. Farque peut parfaitement lire la plaque minéralogique du véhicule. Forell a disparu.

Farque téléphone au service d'identification. Il s'avère que la camionnette a été volée sur un chantier le matin même de la disparition de Forell, et retrouvée depuis, avant d'être restituée à son propriétaire, Miguel Arteta, un entrepreneur en maçonnerie. Farque note son adresse, en pensant qu'il sera vraisemblablement difficile de trouver quelque trace que ce soit, puisque le propriétaire de la camionnette doit certainement l'utiliser à nouveau.

Une seule chose est désormais sûre : quelqu'un a bien enlevé Louis Forell. Farque décide de prendre lui-même l'affaire en main. Il peut ouvrir une enquête avec de tels faits.

Au moment de décrocher son téléphone pour prévenir la compagne de Forell, un détail continue de le chagriner. Pourquoi le ravisseur a-t-il fracturé la poignée de portière de la Coccinelle ? Qu'espérait trouver le type à la capuche ? Et pourquoi Forell aurait-il refermé sa voiture après avoir déposé ses affaires à l'intérieur ?

Lilly s'apprête à sortir quand la sonnerie de son téléphone retentit. À l'autre bout du fil, un flic lui annonce qu'il a du nouveau concernant la disparition de Louis. Il ne peut pas lui en dire davantage au téléphone. Il faut qu'elle passe au commissariat le plus vite possible, munie d'une photo récente de son compagnon. Après avoir raccroché, elle prend son sac à main, y glisse un paquet de cigarettes et un briquet, qu'elle fait tomber en voulant s'en saisir. Puis elle chausse ses bottes, enfile une veste en cuir, sort et se dirige vers l'arrêt de bus le plus proche.

Lilly quitte le commissariat à onze heures, escortée par Farque. Elle attrape un bus. Le flic lui a dit qu'une enquête pour enlèvement allait être ouverte. Il lui a posé quelques questions concernant Louis, après lui avoir raconté ce que la caméra de surveillance du parking a révélé. Lilly s'est contenue le temps qu'elle a pu, avant de s'effondrer en réalisant que ses peurs les plus profondes étaient avérées.

Dehors, la pluie s'est remise à tomber, amenant un peu de désordre dans les rues. Lilly descend du bus en centre-ville. Elle relève les yeux, regarde les chutes du Niagara qui troublent sa vue, le déroulement du tapis liquide sur les panneaux de verre des boutiques, avant de s'écraser sur les trottoirs. Elle entre dans un bar et s'assoit. Les cafés se succèdent avec les sourires du serveur. Lilly n'y prête aucune attention. Elle ne peut empêcher son esprit d'hypothéquer toutes les formes du bonheur. Lorsqu'elle se lève, la nuit est tombée.

Lilly marche.

Elle marche longtemps, comme dans un labyrinthe, d'une démarche imprécise, changeant parfois de trottoir. Son corps en flash, lorsqu'elle passe devant des vitrines encore éclairées. Les boutiques se font de plus en plus rares, les rues de plus en plus sombres. Elle ne saurait dire comment elle est parvenue dans ce quartier du sud de la ville. Elle est épuisée, se sent incapable de rentrer à pied. Elle fait signe à un taxi providentiel. Le chauffeur bifurque sur la voie du bus, puis recule et stoppe à hauteur de Lilly.

— On dirait que je tombe bien !

Lilly remercie le type de s'être arrêté, puis monte à l'arrière. Les yeux du chauffeur se reflètent dans le rétroviseur intérieur. Ses yeux à elle sont humides. Sa volonté se taille sur la banquette arrière d'une Mercedes.

— Peine de cœur ?

Frustré de ne pas avoir de réponse, le chauffeur reprend :

— Ça passera, jolie comme vous êtes… Tenez ! dit-il, en lui tendant un paquet de Kleenex par-dessus son épaule, sans se retourner.

Un bon début de s'essuyer les yeux. Le ronronnement du moteur. La musique sortant de l'autoradio. Le velours beige. *Streets of Philadelphia*. Ce bon vieux Bruce. Le chauffeur a la conduite nerveuse. Il parle en faisant de grands gestes, sans plus désormais se soucier du mutisme de sa passagère. Et, bientôt, il dépose Lilly devant chez Louis, en lui souhaitant une bonne nuit.

Lilly introduit la clef dans la serrure. Deux tours. Son téléphone sonne. Elle regarde le numéro qui s'affiche. Elle ne répond pas. Le bip de la messagerie se fait entendre au bout de quelques secondes, puis Lilly écoute le message. C'est sa mère. Une invitation à déjeuner, pour le lendemain. Lilly n'allume pas la lumière, hésite à contrecarrer la position debout, passe d'une pièce à l'autre sans but apparent. Son corps ressemble à un morceau de polystyrène dans un courant d'air. Elle lutte contre le désir de se laisser aller, et finit pourtant par stopper sa course contre une cloison de la cuisine. Son dos glisse lentement sur la paroi, puis elle s'affale sur le carrelage, le visage entre ses mains.

3

La trappe ne s'est plus ouverte depuis longtemps. Des heures, si toutefois ma montre ne me ment pas. Si toutefois le sens des aiguilles n'a pas changé. Si toutefois l'orage magnétique qui emplit la pièce n'a pas tout déréglé.

Comment n'ai-je pas encore sombré ? Je suis vivant. Toujours vivant, au milieu de nulle part. Et l'autre taré peut bien distribuer son courrier, j'ai bien l'intention de lui en mettre plein la vue. La colère n'en finit pas de monter, chassant l'air de mes poumons. Je désigne le coupable du doigt, comme une boussole indiquant le nord. Quelque part de l'autre côté de la porte. Je veux sa peau. Serrer sa gorge entre mes mains. Le massacrer. Le tuer.

Depuis que je suis gosse, j'ai cru souscrire à toutes les assurances. Et il a suffi d'un inconnu pour résilier les contrats et me tenir à distance de la vie. L'issue m'apparaît de plus en plus inéluctable. Je me rappelle la première fois que j'ai pris conscience de la mort, l'idée que je m'en faisais alors. C'était le lendemain de mes cinq ans, en pleine nuit. Depuis mon lit, je regardais les ombres des voitures passant dans la rue pénétrer et s'échapper par les persiennes. La disparition des ombres, tatouant les murs au henné. Je compris que j'étais moi aussi une ombre et que le royaume des ombres, c'était le néant. Dans ma mémoire, cette chambre, le point où se situe la fin de l'insouciance, un pont sur la rivière des âmes. Je me souviens aussi des mots d'un célèbre ethnologue, qui disait qu'on commence à mourir lorsqu'on prend conscience de sa propre mort. Un processus enclenché, impossible à enrayer. Le carnage de toutes les morts à venir, dans mon petit cœur de gosse.

Je veux pas crever.

Pas crever comme un chien.

Je jure que, s'il m'en laisse la moindre occasion, je le tuerai.

*

0 – 19 : je me suis accordé une pause au bar de la médiathèque, après quelques recherches nécessaires à la préparation d'un cours. J'ai posé une pile de bouquins sur une table. Perdu dans mes pensées, je laisse quelques regards partir en éclaireurs au-dehors.

Assis dans le café, j'observe les gens qui circulent derrière les baies vitrées : petits insectes bariolés, apeurés par l'obscurité du dehors qui leur tend les bras et qu'ils sont pressés de fuir. Un idéal, en quelque sorte. Ils me font penser à ces dipneustes obligés de s'adapter à l'élément qui leur est soumis. Le même bonheur inquiet, les mêmes aptitudes.

Suis-je si différent pour porter de tels jugements ?

Gainsbourg javane en fond sonore.

Dehors, les gens continuent de marcher, pendant que j'ai la sensation de courir le cent mètres de ma vie dans ce bar, relevant lentement le buste après avoir quitté les starting-blocks, fixant maintenant le bout de la piste et celle que je vais serrer dans mes bras, avant de disparaître plein sud. Bientôt. Lilly.

Un courant d'air passe en revue les feuilles de l'un des livres que j'ai empruntés. J'observe l'intrus qui vient d'entrer dans le bar. L'homme pose une sacoche élimée jusqu'à la corde sur un tabouret du comptoir, commande et sort s'installer à l'extérieur.

Il doit avoir une soixantaine d'années. Visiblement un clochard. Son visage est aussi émacié et buriné que celui d'un vieil Indien. Le cuir patiné par le soleil et les intempéries. À peine est-il assis qu'un serveur lui apporte un café crème. Le visage de l'homme change instantanément. Quelque chose ressemblant à une forme de panique, qu'il tente de maîtriser.

Il extirpe une montagne de pièces de monnaie d'une poche de pantalon. Le serveur avise les pièces, puis les ramasse sans vérifier, remerciant le client qui lui sourit en retour. Le clochard prend alors la petite cuiller dans une main faite de phalanges éparpillées en angles improbables, et déguste la chantilly par petites lampées, avec une infinie retenue. Son regard s'éclaire. La scène dure plusieurs minutes. Il mélange la dernière cuillérée de chantilly au café et porte la tasse à ses lèvres. Il veut prolonger l'instant afin de l'accrocher aussi longtemps que possible dans sa vieille caboche. C'est ce que je me dis. Son café terminé, le clochard sort, d'une boîte en fer rouillé, une cigarette roulée, aussi fine qu'une allumette. Je l'observe discrètement, me demande s'il y a du tabac à l'intérieur de la feuille. L'homme prend une allumette et enflamme son mégot, comme s'il s'agissait du meilleur des havanes, et plante son regard sur les vitres propres de la véranda. Le temps qu'il faut à la cigarette pour s'éteindre.

Le clochard détourne son regard en direction de la rue, observe son mégot éteint en le pinçant entre deux doigts. Il secoue sa boîte d'allumettes. Il n'en reste apparemment qu'une seule. Il prend un soin infini pour rallumer sa cigarette, avec autant de précautions qu'un trappeur en prendrait pour enflammer un fagot en plein hiver dans les Appalaches. La flamme vacille un instant à l'extrémité de l'allumette, puis s'évanouit dans un buisson de fumée. Dépité, le clochard observe son mégot comme s'il attendait un miracle. Je me lève sans réfléchir, me porte à sa rencontre et lui tend mon Bic, avec l'empathie de Sœur Emmanuelle s'apprêtant à baigner les pieds des indigents dans un bidonville de Rio de Janeiro.

— Vous pouvez le garder, dis-je.

— Merci, mais j'aime pas ces engins et y s'trouve que j'ai une boîte d'allumettes toute neuve dans mon sac, me rétorque-t-il froidement.

Je retourne à ma table, sonné par les mots du clochard. Je paie ma consommation, prends mes bouquins et quitte le bar par la porte qui débouche dans la médiathèque. Je me retourne. Le clochard m'observe. Il n'a pas rallumé sa cigarette. Je pense qu'il m'a menti, qu'il n'a plus d'allumettes. Je traverse le hall et me dirige vers un ascenseur. Mon briquet est toujours dans ma main. Je le jette dans la première poubelle que je trouve dans le parking souterrain, pensant atténuer l'inconfort de la situation vécue. Quelque chose comme une petite humiliation.

4

La feuille de papier apparaît sous la porte. Deux piles suivent par la trappe. Comme d'habitude.

Non, pas comme d'habitude.

Un morceau de scotch est fixé sur une des piles, emprisonnant un objet.

Sous mes doigts.

Une petite clef. Comme…

Une évidence.

Ne pas user les piles.

Essayer d'introduire la clef dans la serrure de la menotte.

C'est LA clef.

Je libère mon poignet, frotte la zone mâchée par le métal.

Je suis libre… dans cette cave.

Qu'est-ce que ça signifie ?

Libre ?

Je crie :

« À quoi tu joues ? »

Toujours pas de réponse.

Je continue de crier, à m'en faire exploser les cordes vocales, jusqu'à ce que plus rien ne parvienne à sortir de ma bouche, comme si je criais sous l'eau.

Pas la peine de continuer.

Plus qu'une seule chose à faire.

J'insère les piles dans la torche, et la lumière inonde d'avarice quelques traits noirs sur fond blanc.

Déjà vu ce dessin.

Quelque part.

C'est certain.

Où ?

Ce que je refuse de comprendre.

Ce que je comprends.

Ce que j'ai compris depuis longtemps.

Continuer de jouer.

Le dessin reproduit deux excroissances symétriques dans sa partie inférieure. Comme… Il faut que j'ouvre le bon tiroir. Il y en a tellement, des tiroirs, dans mon crâne, remplis de linge mélangé, en forme de souvenirs. Ma mémoire. Un meuble d'apothicaire composé d'une multitude de compartiments sans étiquettes, garnis à ras bord de choses qui ne serviront probablement jamais à rien. Et il n'y a pas d'option.

Pas possible…

Pourtant…

Bien sûr que je sais dans quel tiroir fourrer le dessin.

En avoir le cœur net.

Je fais ce que je dois faire. Je laisse s'entrecroiser les faisceaux lumineux dans ma tête, qui ressemblent à des accouplements de rayons laser, en espérant sectionner les liaisons synaptiques excédentaires. Laisser cicatriser, remettre de l'ordre. Et tout en dessinant, mon sang se fige dans mon corps. Ce que je craignais. Par-dessus tout.

« J'ai terminé ! »

Je frappe contre la porte. La trappe s'ouvre dans la seconde qui suit. Je me mets à plat ventre, glisse la feuille en tentant d'apercevoir quelque chose ou quelqu'un de l'autre côté. Je distingue une ombre, puis la feuille disparaît. À nouveau l'obscurité. Il me semble entendre un rire. Le taré est visiblement satisfait de ma prestation. J'ai fait ce qu'il attendait de moi. Un bon soldat. Moi, Louis Forell, enfermé dans un caisson étanche, abreuvé par la sensation de plus en plus précise que la mort m'est promise.

Je suis quelque part entre la vie et la mort. Un endroit qui n'est déjà plus la vie et pas tout à fait la mort. Et je ne sais plus si je dois y puiser de l'espoir, ou bien si tout est définitivement perdu.

*

0 – 23 : branle-bas de combat au collège. Une élève a tenté de se suicider en ingurgitant des médicaments. Son jeune frère l'a découverte à temps, inerte dans la salle

de bains, et a immédiatement prévenu les secours.

Muriel Gauthier s'en sort avec quelques jours d'hospitalisation et une gueule de bois persistante qui la dissuaderont certainement de recommencer avant quelque temps. Une cellule psychologique a été mise en place pour ses camarades de classe. Ça me fait toujours marrer, les cellules psychologiques. Je pense que ce n'est pas ce qui aide à comprendre, juste à se donner bonne conscience, à montrer qu'on s'occupe bien de la progéniture de l'humanité et de son avenir. Et, accessoirement, à faire culpabiliser les autres gamins, ceux qui voyaient Muriel chaque jour, qui auraient dû se rendre compte que quelque chose ne tournait pas rond chez elle. Sales petits égoïstes ! Ce que je pense aussi, c'est que la psychologie a toujours un coup de retard sur l'échiquier des drames humains.

La fille est dans une de mes classes. Plutôt insignifiante, le genre à ne pas faire de bruit au fond de la salle. Une élève moyenne, comme on dit, cachée sous de grands pulls en laine et une épaisse chevelure grasse. Le genre ado rebelle qui pense que les cibles sont d'abord ses parents, ensuite cette société de merde dans laquelle on veut la tremper pour qu'elle devienne comme eux, les adultes. Le genre qui découvrira, si Dieu lui prête vie, que la véritable cible, c'est elle, et personne d'autre. Je sais de quoi je parle. Rien de nouveau sous le soleil. L'adolescence sonne le glas de l'enfance. La difficulté, c'est de refuser les schémas promis, tout en sachant qu'on n'y échappera pas à long terme. Cet aveu d'impuissance-là, cette défaite-là, cette lucidité-là. Alors, à quoi bon passer à l'âge adulte et constater son échec ? Ce que devait penser Muriel au moment de s'envoyer une tonne de cachetons dénichés dans la boîte à pharmacie familiale. Quelques milligrammes de bien-être enfermés dans chaque capsule. Au total, l'espoir d'un bien-être définitif. Le seul qu'elle calculait à ce moment-là.

Je sors la fiche de renseignements de Muriel Gauthier. La relis. Je la vois allongée sur un lit d'hôpital. J'imagine : on s'occupe d'elle. Ses parents viennent la voir à tour de rôle. Sa mère ne peut pas s'empêcher de pleurer, se demandant ce qu'elle a bien pu faire pour que sa fille en arrive à cette extrémité, à quel moment elle a déconné. Puisque c'est forcément de sa faute. Puisque c'est elle qui lui a donné la vie. Elle va moins travailler à l'avenir, faire plus attention à sa fille, passer plus de temps avec elle. Essayer de comprendre.

Muriel écoute sa mère sans répondre, en ayant conscience de laisser grandir la culpabilité au cours des silences accumulés. Il faut bien qu'elle en bave un peu, la vieille. La conseillère en communication a pris un sacré coup derrière la tête. À cet instant précis, le tailleur anthracite et les talons aiguilles lui vont comme à un épouvantail perdu en pleine campagne.

Puis c'est au tour du père de passer entre deux rendez-vous. La vie continue malgré tout. Continuer de faire bouillir la marmite. Un incident de parcours, le cri de sa fille. Il ne dit presque rien. Il lui prend la main. Les mots ne viennent toujours pas. Comment des mots jamais prononcés pourraient-ils venir ?

Chercher la cause. Pas facile de se retrouver nu devant sa fille. Impensable même. Être père, c'est compliqué, une mission, pas seulement une banque du sperme endimanchée. « Désarmé » est le qualificatif qui semble le mieux lui correspondre dans cette chambre d'hôpital. « Regretter » ne fait pas partie de son vocabulaire. Il a le sentiment d'avoir fait ce qu'il avait à faire. Une vision fugace de sa fille en train de sourire s'invite dans sa tête un bref instant. Le temps de sa marche jusqu'au parking. Après, il y a le bruit du moteur de la voiture, la radio, et ce déjeuner important avec les dirigeants de la première banque du pays. Parce que pendant qu'il est resté dans la chambre, il n'a pas remarqué les écouteurs sur les oreilles de sa fille. Durant tout le précieux temps qu'il lui a consacré, elle a écouté Radiohead. Il ne s'est aperçu de rien, parce qu'il y a ce repas si important. Primordial. Au diable la dernière chance.

Muriel n'a pas eu le moindre regard pour son père lorsqu'il est sorti. Il n'y a plus qu'elle dans la chambre. Thom Yorke en termine avec « I'm a creep ». Son regard balaie la pièce, découvrant un rectangle blanc sur fond blanc, l'ouverture par laquelle les gens entrent et disparaissent, puis elle revient au drap bleu froissé, à ce lit aux allures de véhicule spatio-temporel.

Peut-être que je me trompe. Intuition.

Je termine mon cours sur la photosynthèse avec un manque de conviction évident. J'explique la fabrication des matières organiques à partir du minéral, de la lumière et du dioxyde de carbone. Le seul miracle avéré. Pendant ce temps, le soleil s'est absenté. Cette énergie qui manque au vivant. Les élèves n'y sont pas vraiment non plus. Ils ont décidé de pratiquer la politique de la chaise vide, profitant au maximum de la cellule psychologique. Qui leur en voudrait ? Dehors, les chloroplastes enfoncés dans leur parenchyme tentent d'emmagasiner le peu de lumière qui leur parvient encore. Catalyseurs de vie sous un ciel moribond.

Tout en rangeant mes affaires dans mon sac, je pense avoir découvert mon catalyseur : Lilly. Qui accroche la lumière, pendant que les tambours du Bronx jouent dans ma tête.

— Monsieur ?

Je sursaute. Je me retourne. C'est Maxime Lefèvre qui m'interpelle, un de mes élèves les plus doués. Un adolescent introverti, toujours tiré à quatre épingles.

— Qu'est-ce que tu veux, Maxime ?

— Vous savez quand elle va revenir, Muriel ? Personne ne veut rien me dire à ce sujet ?

— J'en sais rien, Maxime.

— Comment elle va ?

— Bien, elle va bien.

— Vous en êtes sûr ?

— Certain.

— Tant mieux, tant mieux, répète le jeune garçon à l'infini, tandis que la terreur disparaît peu à peu de son regard, et qu'il quitte la salle en tentant visiblement de se contenter de mes réponses.

5

Qu'est-ce qu'elle lui reprochait ? Il n'y avait pas plus calme et doux que lui, « et froid », ajouta-t-elle un jour, sur un ton tranchant. « Calme, et froid comme de la glace. » C'était vrai qu'il faisait preuve d'une grande méticulosité, d'un étonnant sang-froid, dans tout ce qu'il entreprenait. Une façon de bien faire, d'aller au bout des choses, sans jamais se laisser perturber par quoi que ce soit d'extérieur.

Il la sermonnait pour un pull qui traînait, des miettes sur la table mal essuyée, une tasse pas lavée dans l'évier. Jamais il n'élevait la voix. Il déroulait les phrases avec une absence de variation dans l'intonation qui finissait toujours par la mettre mal à l'aise. Au début, elle essaya d'en sourire, pensant qu'il s'agissait d'une sorte de jeu. La différence entre l'accessoire et l'essentiel aux yeux de Lilly. Elle constata rapidement qu'il n'y avait pas plus de priorité dans ses actes que d'intonation dans sa voix. Un mode de fonctionnement désarmant. Une parfaite application de la théorie des fractales sur la propre vie du jeune homme.

Et l'indifférence était venue. Il s'en foutait pas mal de son indifférence à elle. Tant qu'elle restait, car il n'imaginait pas un seul instant qu'elle pourrait le quitter. Inconcevable.

Un soir qu'elle rentra avant lui, il remarqua le sac posé sur le canapé. Un sac de voyage obèse.

— Qu'est-ce que tu fais avec ça, Lilly ?

— Je m'en vais.

— Où, en voyage ?

— Non, chez moi.

— Mais c'est ici chez toi.

— Je ne crois pas…

— Bien sûr que si… Pour combien de temps tu pars ?

— Je te quitte.

— Qu'est-ce que tu racontes ?

— Ne fais pas semblant de ne pas comprendre, je te quitte. C'est ce que j'aurais dû faire depuis longtemps, dit-elle en haussant le ton.

Le jeune homme s'approcha de Lilly pour la prendre dans ses bras et la jeune fille recula brutalement, avec du dégoût au fond des yeux.

— Tu sais ce que tu vas faire ? dit-il en esquissant un sourire.

— Oui, je le sais…

— Non, tu sais pas. Tu vas ranger tes affaires dans l'armoire, on va parler et tout va s'arranger.

— C'est trop tard, je ne reviendrai pas sur ma décision.

— Et j'aurais pas mon mot à dire !

— Il ne s'agit pas de ça…

— Il y a quelqu'un d'autre ?

— Oui.

Ce simple mot fit vaciller le jeune homme.

— Je le connais ?

— Non.

— Qui c'est ?

— C'est pas important.

— C'est peut-être pas important pour toi, mais j'ai le droit de connaître mon rival.

— Ce n'est pas ton rival, puisque je viens de te dire que tout est fini entre nous.

— Ça fait longtemps que tu l'as rencontré ?

— Deux semaines.

— Et il s'est passé quoi pendant ces deux semaines ? Quelque chose que je devrais savoir aussi ?

— Si on a couché ensemble, c'est ça ? La réponse est non.

— Alors, c'est juste un coup de tête, tout va s'arranger… Donne-nous une chance après ce qu'on a vécu.

— Il n'y a pas de chance à donner, je ne ressens plus rien pour toi, et ce qu'on a vécu ne me semble pas valoir une deuxième chance.

— Tu ne m'aimes plus ?

— Je viens de te le dire.

— Je suis sûr que ça peut revenir. Laisse passer un peu de temps, prends du recul, s'il te plaît.

— Ça ne revient pas ces choses-là.

— Tu paries !

— Ma décision est définitive.

« Ça ne revient pas ces choses-là. »

C'est à ce moment précis que le jeune homme comprit qu'il n'y avait plus rien à faire. La première fois qu'il ne pouvait pas influer sur le déroulement des événements.

Plus tard, bien plus tard, il dit à Lilly qu'il lui souhaitait tout le bonheur auquel elle avait droit, qu'il ne lui en voulait pas, que c'était la vie, qu'ils avaient vécu une belle histoire d'amour, que c'était le plus important et que personne ne pourrait leur enlever ça, ni à l'un ni à l'autre. Et il la regarda partir, comme un seigneur, avec la gorge asséchée et brûlante, et le cœur atrophié. Et, déjà, une idée ancrée dans la tête.

« Ça ne revient pas ces choses-là. » Pendant qu'il se marre, assis derrière son bureau, en pensant à toutes les choses qui reviennent sans qu'on s'y attende. Pendant que le jour décline de haut en bas, dans un mouvement immuable, écrasant le vivant et l'inerte sans aucune considération, aucun discernement. Pendant qu'un bruit sourd et régulier martèle son esprit apaisé. Pendant que sa mémoire brutale remonte le courant, sans jamais se noyer. Pendant que Charlélie Couture parle d'un avion sans ailes et d'un type amoureux qui a chanté toute la nuit, et qui pleure désormais. Pendant qu'il en termine avec quelques traits sur une feuille, qu'il pose son crayon, et laisse le bout de papier flotter sur le bureau.

Alors, il se lève, va boire un verre d'eau et se laisse violer par les derniers infrarouges qui traversent les vitres, et réchauffent momentanément son corps.

Ce soir, ce sera pâtes à la carbonara.

Il faut qu'il soigne son hôte.

En attendant que l'obscurité arrive et que l'aube magistrale se libère de la nuit.

6

Suzanne Schmidt est préoccupée. Ça fait plusieurs jours que Louis Forell, son collègue le plus proche, n'est pas venu travailler. Elle passe par la salle des profs. Victor Lenoir, un jeune agrégé de maths, a vu un type sortir de chez le directeur. Il a attendu que l'homme rejoigne sa voiture sur le parking. Il a tout observé depuis le couloir ouest, et même remarqué la plaque d'immatriculation, avec le logo bleu-blanc-rouge. Flic.

Suzanne est inquiète. Ne pose pas de question à Rouletabille. Écoute. Puis monte jusqu'au bureau du directeur. Frappe à la porte et entre avant qu'on lui réponde.

— Bonjour, mademoiselle Schmidt…

— Bonjour, monsieur le directeur. Il semblerait qu'un policier est passé vous voir.

— Qui vous a dit ça ?

— Peu importe qui me l'a dit… Que se passe-t-il ?

— Rien de grave, un souci avec un élève, suite à la tentative de suicide de Muriel Gauthier.

— Pourquoi l'élève n'était-il pas présent, alors, et ses parents non plus ?

— Je ne peux pas en parler.

Suzanne prend une longue inspiration avant de parler.

— C'est Forell, n'est-ce pas ? Il s'est passé quelque chose ? Ça fait plusieurs jours qu'il n'est pas venu au lycée et qu'il ne répond plus au téléphone.

— Je ne savais pas que vous étiez… proches.

— Pas plus que ça, mais s'il lui est arrivé quoi que ce soit, j'aimerais le savoir.

— Tout ce que je peux vous dire, c'est que, justement, personne ne sait où il est.

— Vous voulez dire qu'il a disparu ?

— Il semblerait.

— Et le… ce policier, il a une piste ?

— Il ne m'a rien dit. Juste posé quelques questions, et je lui ai dit tout ce que je savais de Forell.

— C'est tout ?

— C'est tout.

— Si vous avez du nouveau, vous pourrez me tenir informée ?

— Le policier a dit qu'il reviendrait sûrement si Forell ne réapparaît pas…

— S'il ne réapparaît pas, répète Suzanne Schmidt d'une voix fébrile.

Elle se lève, prête à sortir.

— Mademoiselle Schmidt ?

— Oui ?

— Je peux vous demander de ne rien dire. Je ne voudrais pas que s'installe une atmosphère de psychose tant que rien n'est certain. Je peux vous faire confiance ?

— Bien sûr.

— Officiellement, le policier est venu pour un problème entre élèves à l'extérieur de l'établissement. Quant à Louis Forell, il est en arrêt maladie.

— D'accord.

En descendant les escaliers, Suzanne Schmidt se cramponne à la rampe. Elle passe par les toilettes pour se rafraîchir. Son visage s'incruste sur un miroir fendu dans le coin supérieur droit, et tavelé de taches rouille ressemblant à des marques en surimpression sur sa peau. Une flaque de fond de teint glisse sur son front. Elle trouve un Kleenex en fouillant dans son sac à main, s'en sert pour contrer l'avalanche, puis jette le mouchoir en papier dans une poubelle, sous le lavabo. Enfin, elle ajuste sa ceinture autour de sa taille, et referme son sac, tout en se dirigeant vers la sortie.

Le couloir est bruyant de mots, de pas et de frottements de cartables sur le sol. Tant de bruits qui agressent Suzanne.

Il est onze heures lorsqu'elle jette l'ancre dans la salle 6, bientôt rejointe par une vingtaine d'élèves qu'elle invite à s'asseoir avec toujours un léger tremblement dans la voix.

Elle sort un livre aux feuilles jaunies, une vieille édition de Maupassant aux allures de bible. Elle pince une cordelette dépassant de la tranche du bouquin, entre le pouce et l'index, puis ouvre le livre, comme si elle fendait une bûche en deux, et commence à lire, dans un silence inhabituel :

« … Je le voyais chaque jour s'asseoir, vers deux heures, sous les fenêtres de l'hôtel, en face de la mer tranquille, sur un banc de la promenade. Il restait quelque temps immobile dans la chaleur du soleil, contemplant d'un œil morne la Méditerranée. Parfois, il jetait un regard sur la haute montagne aux sommets vaporeux, qui enferme Menton ; puis il croisait, d'un mouvement très lent, ses longues jambes, si maigres qu'elles semblaient deux os, autour desquels flottait le drap du pantalon, et il ouvrait un livre, toujours le même… »

La seule question que Suzanne Schmidt parvient à poser à ses élèves : « Quel est ce livre qui parle si bien de vous ? »

7

Ça sent de plus en plus mauvais dans la pièce. Une odeur immonde de pourriture. Je me déplace pour tenter d'en déterminer la provenance. Maintenant que je peux bouger sans entraves.

Pas un hasard…

La clef.

Je tâtonne dans l'obscurité. Ne pas gâcher la lumière.

Je découvre un recoin, un renfoncement que je n'avais pas remarqué jusqu'alors. L'odeur pestilentielle semble venir de là.

Je rejoins la porte et rassemble les piles de la torche. J'en teste plusieurs pour être certain qu'elles dispensent suffisamment de lumière. Ensuite, je me rapproche lentement de l'endroit d'où émane la puanteur. Tout en progressant, j'appuie sur le bouton de la lampe. Mouvement de recul. J'ai mal évalué la distance. Le mur se trouve à peine à un mètre de moi. Le mur. J'allume la torche. Je distingue une silhouette. Comme une ombre chinoise. Certainement une nouvelle peinture que je n'ai pas eu l'occasion de découvrir. Je me rapproche encore du mur. Il s'agit bien d'une silhouette… humaine. Je fais remonter le faisceau lumineux jusqu'à ce qui semble être un visage. Un visage en relief. Pas une peinture. Le visage d'un homme qui rit… rit de ma terreur. Je reste pétrifié. Le rire est figé sur la face. Une face de cadavre. Un cadavre en décomposition. Une lave brûlante remonte dans ma gorge. Je vomis sur la charogne et sur le sol. Une main sur mon ventre ondule au rythme des effluves acides, jusqu'à ce qu'il n'y ait plus rien à extraire de mes entrailles. Sinon la terreur. Qui poursuit sa route dans mon corps gobé.

Respirer.

Respirer profondément.

Récupérer la torche tombée au sol. Souillée de vomissures.

Respirer.

Reprendre mes esprits.

Diriger le faisceau vers le corps.

Ma main droite tremble.

Je l'assure avec la gauche.

Le cadavre est en position verticale, maintenu par plusieurs cordes attachées à des anneaux en fer scellés dans le mur. Il est nu. Je distingue des taches de couleur foncée sur la peau, juste avant que les piles ne me trahissent. L'obscurité revient. Mais il est là, partout. Il emplit tout l'espace de la cave. Je me mets à crier, à pleurer. Je jette la torche contre le mur opposé, pendant que le cadavre continue à rire dans l'immensité obscure de ma cage.

Qu'est-ce que j'ai fait pour qu'on m'inflige ça ? Pire qu'une torture physique. Survivre au milieu de la pourriture et de la mort, en imaginant que je finirai probablement comme le cadavre fixé au mur.

Quelqu'un rit.

Je l'entends.

Pas le cadavre.

Derrière la porte.

Pas mon imagination.

Rit.

Pas le cadavre.

Quelqu'un rit.

C'est sûr.

Je crie :

— Qu'est-ce que vous voulez, à la fin ?

Silence. Puis une voix déformée par l'épaisse porte en métal glacé.

— Je vois que tu as fait connaissance avec ton camarade de chambrée.

— Qui êtes-vous ? Qu'est ce que je vous ai fait ?

— Si tu es bien sage, je te donnerai des piles neuves, pour que vous fassiez plus ample connaissance.

Ce sont les derniers mots du type. Le rire s'éloigne déjà, et mes cris se perdent dans la cave, et les rires se perdent dans les couloirs démesurés de ma peur.

Vite.

Ne pas sombrer définitivement.

Vite.

Me raccrocher.

Vite.

À quoi ?

La torche.

*

0 – 26 : tôt le matin, Lilly se lève, entre dans la salle de bains. Je me fonds dans la chaleur abandonnée par son corps évanoui. Elle réapparaît bientôt. Sa peau est encore humide, imprégnée d'une pluie de mousson. Je n'ose pas me lever, ni même bouger. Je la regarde en faisant semblant de ne pas le faire. J'ai envie de la prendre dans mes bras, de caresser son corps, de l'embrasser, de sentir sa langue dans ma bouche, de lui faire l'amour. Je voudrais tant que mon propre désir l'envahisse sans que je m'approche. Je ne m'approche pas. Je me l'interdis. J'ai le sentiment que mon désir est désormais face

à un peloton d'exécution, espérant la grâce présidentielle.

Impossible de me concentrer suffisamment pour remonter le temps. Les souvenirs, en cet instant, comme du sel sur une plaie ouverte. Cette femme sur qui je ne poserai peut-être plus jamais les yeux, que je ne pourrai peut-être plus jamais toucher.

Je tente encore une fois de faire le vide en frappant mes tempes avec les paumes de mes mains.

Rien à faire.

Comment oublier ?

Comment faire abstraction du corps suspendu au mur, à quelques centimètres de moi ?

Rappel de ma propre folie.

Comment croire encore à ma survie, quand je constate de quoi le type est capable ?

Il va avoir ma peau, à force de jouer.

C'est ce qu'il veut.

Avoir ma peau.

Mais je ne veux pas jouer. J'ai rien demandé, et surtout rien fait pour mériter ça. J'ai lu plein de bouquins sur des tueurs : Jack l'Éventreur, Charles Manson et d'autres malades du même acabit. Mais c'étaient des livres. Et, au fond, je n'imaginais pas que ce genre de monstre existait réellement. Pourtant, de l'autre côté de la porte, il y a une espèce de créature, un Minotaure, qui gratte du sabot. L'homme et la bête réunis dans un même corps, attendant patiemment que je me perde dans son labyrinthe, pour m'achever.

Je ne m'en sortirai pas comme ça. Ma résistance atteint ses limites. Trouver autre chose pour faire face aux minutes qui vont suivre.

Alors, je laisse l'angoisse m'envahir.

Parce qu'il n'y a pas d'autre solution qu'apprivoiser cette forme désespérante de l'impuissance.

Me laisse couler jusqu'au fond de l'eau froide.

Tout au fond.

Le fond.

Enfin un appui. Je plie les genoux et pousse avec mes jambes. Je remonte lentement…

Remonte.

Le soir où, pour la première fois, Lilly me demande si elle peut rester dormir chez moi. Ce soir-là.

Lilly à qui je réponds que oui, évidemment, avec un sourire béat, pensant que le père Noël et les rois mages viennent de débarquer en même temps dans ma vie.

Plier les genoux.

Pousser.

Et remonter.

8

La tête que le petit prof a dû faire quand il a découvert le corps accroché au mur. Sans compter l'odeur et les asticots qui jouent probablement à la fenêtre. « Oyez, oyez, braves gens, le cirque est en ville. Approchez-vous de la roulotte du docteur Freaks, vous y découvrirez l'homme le plus désespéré du monde, ainsi que l'homme le plus mort du monde. »

Ils n'avaient qu'à pas s'approcher d'elle pour vouloir la posséder. Parce que *sa* beauté n'appartient à personne d'autre qu'à lui. Quand on veut posséder, il faut être prêt à en payer le prix, pense-t-il. Un jour ou l'autre. Payer. Cher. Très cher. Quoi qu'un homme fasse et décide dans sa vie, il faut payer.

Un jour ou l'autre.

Payer.

Le jeune homme se marre en regardant le dessin sur la feuille. Un magnifique papillon. L'autre abruti a forcément compris où il a déjà vu ce dessin. Sur quelle épaule nue. Il doit gamberger, le petit prof, à demander au bon Dieu à quel moment il a merdé. « Mais t'as pas vraiment merdé mon pote, t'as juste mis les pieds où il fallait pas, et les conséquences immédiates, c'est que tu vas crever, comme tous ceux qui se sont approchés et s'approcheront d'elle. »

Le prix, pour avoir goûté au fruit défendu.

Petit Adam de pacotille.

Faux et usage de faux.

9

Le jeune homme se lève à six heures. Il a des choses à faire avant d'aller au travail. Il s'étire longuement, puis va s'agenouiller dans la petite pièce, sous l'escalier, devant le mur recouvert d'un drap. Il récite mentalement une prière païenne qui parle d'enfance et de roses. Ensuite, il se rend dans la cuisine, fait toaster deux morceaux de brioche, qu'il recouvre de confiture de fraise, accompagnés d'un café serré. Une fois son petit déjeuner terminé, il prend une douche et s'habille. Un jean et un pull font l'affaire. Puis il revient dans la cuisine, coupe un morceau de pain de la veille et descend à la cave pour nourrir son invité.

À sept heures, il s'assoit derrière son bureau. Le petit prof a bien travaillé. Le jeune homme peut maintenant poursuivre le dessin sereinement, tout en pensant à son invité au fond de son trou, maintenant qu'il a forcément compris. La trouille de sa vie.

Tandis qu'il dessine, le jeune homme arbore une expression de satisfaction, un rictus au coin de la bouche, un sourire contenu, pendant que sa langue parcourt ses lèvres à intervalles réguliers.

Il quitte sa maison à neuf heures. Il glissera le dessin sous la porte de la cave, le soir même.

Il se rend à son travail à pied. Il aime bien son boulot. Personne sur son dos. Son patron est à peine plus âgé que lui. Ils se sont tutoyés dès le début. Il règne une ambiance conviviale à Note-Shop, la seule vraie boutique digne de ce nom spécialisée en musique de toute la ville.

Comme il a le temps, il en profite pour passer par la place. Se fond dans le petit marché, entre les étals de fleurs, de fruits et de légumes. Puis son regard remonte par-dessus les tentures, comme un périscope dirigé vers les façades des bâtiments situés de l'autre côté de la rue, là où des rideaux tirés *la* cachent.

Il embauche à dix heures, chaque matin, du lundi au samedi, avec deux jours de repos, le dimanche et le mardi.

10

Je viens de prendre une décision : je ne jouerai plus. Il faudra qu'il vienne me chercher. Si je dois finir comme le type accroché au mur, autant tenter le tout pour le tout. Faire le mort. Ça déstabilisera peut-être l'autre taré et, si ce n'est pas le cas, j'aurai au moins essayé.

Ma seule chance.

Ma dernière option.

La torche dans ma main.

Je ne bouge pas quand la trappe s'ouvre pour laisser passer les piles et la feuille de papier. J'attends.

Après quelques dizaines de minutes, la trappe s'ouvre de nouveau. Une lueur provenant de l'autre côté de la porte éclaire la feuille. Le type doit être en train de constater que je n'ai touché à rien. Le temps passe, la trappe s'ouvre et se ferme encore. Le même manège se reproduit plusieurs fois de suite. L'agacement du type devient de plus en plus prégnant. Il n'a visiblement pas prévu ce genre de situation. Il voudrait que je termine son satané dessin, mais ça ne marche plus comme ça. Je vais lui foutre son plan en l'air. Trop bien huilé. J'en échafaude un autre.

Je retire une de mes chaussettes et la garnis d'une dizaine de piles usagées bien lourdes. Je décompose chacun de mes gestes pour étouffer les bruits, fais un nœud solide pour qu'elles ne s'échappent pas, puis rassemble toutes mes forces dans ma main droite. Campé sur mes jambes, je suis maintenant prêt à défoncer le type, si l'idée lui vient de venir voir ce qui se passe ici. Mon territoire. Désormais.

La tête me tourne. Je tends ma main gauche vers le mur, afin de me stabiliser, et c'est comme si je déclenchais un rire provenant des entrailles pourries.

La trappe ne s'ouvre pas.

Je me dis que la porte, elle, va s'ouvrir, et qu'alors tout sera dit.

Pour qu'on en finisse d'une façon ou d'une autre.

Qu'on en finisse.

La trappe ne s'ouvre pas.

La porte ne s'ouvre pas.

… ne s'ouvre pas.

À l'extérieur de la cave, le silence est total.

Je m'assois sans desserrer la chaussette garnie de piles.

Des bruits.

À l'intérieur.

J'ai beau tenter de me raisonner, de me dire que c'est ma propre imagination qui pointille le silence de la cave.

Rien à faire.

Les bruits reviennent.

J'entends les fluides qui s'échappent de la matière en décomposition.

Je vois des animaux maléfiques se détachant des murs pour fondre sur moi. La proie.

Je vois des larves sans avenir.

Je sens le souffle glacé du monstre.

Mal partout : crâne, phalanges, articulations des coudes et des genoux.

Froid partout. Pas un centimètre carré de ma peau qui ne soit collé à la banquise.

Et cette envie de chialer qui ne me quitte plus. Et ces larmes gelées incapables de s'écouler hors de mon corps.

Un peu de lumière, bordel de merde ! Un peu de lumière pour voir à quoi ressemble le diable. Le souffle glacé du dragon. Un dragon, ça devrait cracher du feu, et tout éclairer et tout brûler. Quelle sorte de dragon ?

Rien à faire.

Je suis empalé sur l'obscurité.

Envie de crier, gueuler.

De vomir.

De me vider.

Encore.

Je dois me ressaisir, museler ma peur. Garder un peu de lucidité, pour ne pas que l'autre pense avoir gagné. Je veux que le doute s'immisce et grandisse dans sa tête malade. Qu'il fasse une erreur. L'imprudence qui me sauverait.

Penser à dehors. Sortir du bois, jusqu'à la lisière, et marcher en terrain découvert.

Marcher.

Puis courir.

En terrain découvert.

*

0 – 28 : je rends visite à mes parents au cimetière. Entrée principale. Troisième allée sur la gauche. Quelques pas supplémentaires me mènent jusqu'à un morceau de granit lisse comme un glaçon. Signe de croix sur le visage. Ce qui ne s'oublie pas, malgré l'absence de foi. Une clef inutile pour égarer la douleur. L'éternité sous un bloc de pierre. Tu parles !

Je parle.

« Salut, papa.

Salut, maman.

J'ai rencontré quelqu'un. Je crois que c'est important. Du coup, je culpabilise de ne plus penser à vous aussi souvent qu'avant. C'est idiot, n'est-ce pas ? Ce qui est surtout idiot, c'est votre silence. Il est possible que je ne revienne pas avant un moment, ou alors avec elle. Le "quelqu'un" en question. Encore une première fois. J'ai envie de marcher à côté d'elle dans ce cimetière. J'ai envie qu'on me tienne la main, comme tu le faisais, maman, quand on allait au supermarché et que tu avais peur de me perdre. Jusque-là, j'ai jamais vraiment lâché ta main. C'est pourtant ce que j'aurais dû faire plus tôt. Je te revois en train de t'affairer dans la maison, à guetter la moindre particule de poussière déposée, le moindre bibelot dérangé, la moindre tache sur la tomette, le moindre pli récalcitrant sur un vêtement, tout ce qui t'affolait et dispersait ta souffrance. J'ai encore le droit qu'on me prenne par la main, mais je ne veux plus de la tienne, maman. Ne m'en veux pas. Je ne veux plus de ta main froide, tu comprends ?

Et toi, papa. Je t'en ai longtemps voulu d'avoir foutu le camp comme un voleur. De t'être goudronné les poumons et d'avoir noyé ton foie comme des prunes dans de l'eau de vie. Une sacrée belle autoroute, ton existence, prise à fond la caisse. Jusqu'à ce que tu perdes le contrôle, et nous aussi. Parce qu'on n'était peut-être pas dans la bagnole, maman et moi, mais on t'a regardé ralentir et te garer sur la bande d'arrêt d'urgence sans une goutte d'essence dans le réservoir. Depuis ce jour, tu n'as jamais pu y remonter, dans ta fichue bagnole. Pourtant, on était là quand tu essayais, et que tu te mettais en pétard et qu'on prenait pour la Terre entière. On était toujours là. Parce que, la Terre entière, tu ne pouvais plus te promener dessus et que c'est vite devenu une chambre, ta Terre entière, avec un lit, dans lequel tu ne pouvais même plus t'allonger, juste t'asseoir et siffler comme un bataillon de couleuvres.

Tu sais, je ne t'en veux plus vraiment, aujourd'hui. Sûrement parce que j'ai compris que tu avais dû perdre un truc fondamental en cours de route. Je ne veux pas savoir quoi. Je t'en veux simplement de t'être laissé aller sans vouloir en parler à maman. Moi, j'étais trop petit. Elle n'a jamais compris, elle. Jusqu'au bout, elle a porté le fardeau, sans jamais comprendre. S'il y a une chose que j'espère, c'est que vous vous êtes expliqués, depuis, où que vous soyez. En haut, ou en bas, ou nulle part. J'espère que tu lui as enfin livré ton âme.

En fait, j'étais venu vous dire que ça fait moins mal. Un peu moins mal. Le fils des bleus à l'âme reviendra un de ces quatre. Ça va être la saison des chrysanthèmes. J'en trouverai un doré comme un soleil et je le poserai sur votre tombe, au milieu, entre vous deux, pour qu'il vous éclaire bien. C'est ce que je veux, un peu de lumière dans votre nuit. Et que vous pensiez aussi un peu à moi, votre fils.

Papa, maman, je vous aime.

Au fait, elle s'appelle Lilly. »

11

Que se passe-t-il ? Plus aucun mouvement de l'autre côté de la porte de la cave. À quoi il joue, le petit prof ? Pas prévu au programme. Pourquoi ne continue-t-il pas le dessin ? Il a dû faire un malaise. Pourtant, le jeune homme prend bien soin de lui : un nid douillet, de la nourriture deux fois par jour, et un camarade de jeux plutôt avenant. Sûrement une petite baisse de régime. Ça passera. Pas le choix. Forell va se réveiller et il terminera le dessin.

Pas le choix.

Le temps est du côté du jeune homme. Il le maîtrise.

Il sourit en pensant que l'odeur de décomposition fera bientôt sortir le prisonnier de sa torpeur, en pensant aux mouches qu'il a pris soin de lâcher dans la prison. Les insectes ont forcément trouvé un refuge pour leur ponte, même dans l'obscurité. Des mouches, mortes depuis longtemps, après avoir ensemencé le cadavre. « La vie trouve toujours un chemin », a-t-il entendu dire un jour qu'il regardait un film.

Que se passe-t-il ? Et, après tout, pourquoi devrait-il être patient ? Qui est ce petit prof pour contrarier son plan ? Personne. Il n'est personne… La colère monte en lui. Il imagine des asticots fouillant un corps sans vie. Dans son délire, la porte métallique vole en éclats par la seule volonté de son esprit, laissant apparaître un œuf de verre, avec à l'intérieur un embryon de vie et un embryon de mort, qui ne seront jamais plus que des embryons. Parce qu'il ne peut permettre qu'ils deviennent autre chose que deux petites taches sombres dans la pâte molle originelle. Puis la rage s'estompe. Un rire aux accents de folie contourne les obstacles, résonne dans le couloir. Avant l'apaisement.

Patience.

12

Sa femme dort encore lorsque Farque ferme la porte d'entrée derrière lui. Il grille une cigarette sous le squelette provisoire du tilleul du jardin. Il n'aime pas parler le matin, surtout de bonne heure. Il n'a jamais aimé ça. Plus que celle des autres, c'est sa propre voix qu'il ne supporte pas. Ne supporte plus. Besoin de se mettre en route, le même élan nécessaire après cinquante-quatre années de réveil.

Sa voiture tressaute à deux reprises, histoire d'entretenir l'espoir, et puis plus rien. La batterie, probablement. Pourtant, il n'a pas fait très froid durant la nuit. C'est peut-être plus grave qu'une simple batterie. Il soulève le capot. À quoi bon ? De toute façon, il n'y connaît rien en mécanique. Farque retourne chez lui pour passer un coup de fil à son garagiste, qui promet de passer dans la journée pour voir s'il y a quelque chose à faire sur place ; sinon, il remorquera la voiture, pour « autopsie », ajoute le mécano.

— Une autopsie, c'est quand il y a eu décès. Là, il faut seulement me la ranimer ! précise Farque.

— Vous inquiétez pas, c'était histoire de dire.

— Je vous fais confiance. Ma voiture est garée devant chez moi, le long du trottoir.

— Je me souviens facilement des endroits où je vais plus d'une fois.

— Je la laisse ouverte et je mets les clefs sous le tapis de sol. Il n'y aura personne à la maison.

— Vous avez pas peur des voleurs ?

— Vous êtes sérieux ?

— J'en sais rien, moi.

— Honnêtement, qui en voudrait ? Vous connaissez ma bagnole.

Farque raccroche. Il entend la voix de sa femme depuis la chambre. Elle demande à qui il téléphone si tôt le matin. Il ne répond pas et sort.

Le temps s'est radouci. Quelques insectes se balancent dans l'air, ivres de surprise. Deuxième cigarette de la journée. Une drôle de magie, le matin. Les flots, jamais bleus, mais noirs, blancs, rouges, sur fond gris. Ce que Farque voit distinctement en marchant vers l'arrêt de bus le plus proche.

En grimpant dans le bus, il se sent un peu idiot de ne pas connaître le prix du ticket. Il n'y a pas beaucoup de monde à cette heure-ci. Il croise des visages, encore bouffis de sommeil, sur lesquels s'affichent des regards dénués d'expression, et aussi des corps lourds, s'allégeant lentement, au rythme des vibrations engendrées par les révolutions des roues. Le désir d'enjoliver cette journée. Probablement.

Un gamin, avec des écouteurs sur les oreilles, bouscule Farque sans s'excuser. Ce dernier regarde le môme avec insistance, qui balance sa tête, tout en chantant un air qu'il ne connaît pas. Farque ne dit rien.

Le bus dépose Farque à deux pas du commissariat. Un mot qu'il n'a pas encore exclu de son vocabulaire. Avant d'entrer dans le bâtiment, il jette un œil en direction du parc. Un vieux chien décharné se traîne sur la pelouse. Le mouvement de ses pattes arrière est en décalage avec celui de ses pattes avant. L'effort produit par l'animal pour assurer un minimum de synchronisation semble inexorablement le rapprocher du cimetière des chiens. Farque se demande si le genre d'endroit où se dirige le clébard est si différent de celui qu'il imagine rejoindre un jour. Une sorte de parc sans herbe verte, avec des arbres piqués dans la terre, comme des croix ligneuses, au beau milieu du silence.

Après un moment d'hésitation, Farque détourne son regard du parc, et, lorsqu'il y revient, le chien a disparu. La jambe droite du flic est déjà en route pour l'intérieur du commissariat, quand la gauche envisage seulement la perspective.

Farque a visionné la vidéo de l'enlèvement de Forell à plusieurs reprises, sans que rien de tangible ne l'interpelle. Le kidnappeur a manifestement bien prévu son coup. Le flic s'est renseigné depuis. Il n'y a eu aucun témoin de l'enlèvement. Pourtant, il sent que quelque chose cloche, quelque chose qu'il ne parvient pas à identifier. Pourquoi le type a-t-il fracturé la portière de la voiture de Forell ? Que cherchait-il à l'intérieur, qu'il n'a manifestement pas trouvé ? Pourquoi ne pas avoir attendu tranquillement que Forell revienne, puisqu'il voulait apparemment l'enlever ? Il n'aurait eu qu'à fouiller la voiture une fois ouverte, et le tour était joué. Cette idée est insupportable à Farque. Ce qui lui échappe. Quelque chose de primordial. D'essentiel.

Il remet le disque à zéro pour la énième fois : Forell apparaît au fond du parking, ralentit, puis se dirige vers sa voiture, sacoche à la main. Il semble perdu dans ses pensées.

Ce qui échappe à Farque. Touche arrière. Forell au fond du parking, que l'on aperçoit à peine. Ralenti. Forell marque le pas, change sa sacoche de main, de la gauche à la droite. Touche arrière. Ralenti. Forell se débarrasse d'un objet dans une poubelle. Un détail ? Impossible de distinguer de quoi il s'agit. Peut-être ce que le kidnappeur cherche ? Le détail qui a échappé à Farque jusqu'à présent ?

Farque sort du commissariat à vingt heures. Il ne prend pas le bus et décide de rentrer en marchant, pensant que ça lui fera du bien. Un bail qu'il n'a pas traîné ses guiboles sur une aussi longue distance, avec le bout de ferraille dans celle de gauche, juste au-dessus du genou, souvenir de l'interpellation d'un dealer qui a mal tourné. Pourtant, durant tout le trajet, il oublie sa jambe perforée, mais pas le caillou dans sa godasse.

Lorsqu'il se couche au milieu de la nuit, près du corps de sa femme endormie, il revoit mentalement la scène de l'enlèvement de Forell, ou plutôt imagine ce qui s'est passé derrière le flanc clair de la camionnette du ravisseur. Il sait qu'au matin il y aura toujours ce caillou dans sa chaussure. Et aucune sorte d'apaisement à l'horizon.

13

Lilly prend une douche, puis s'habille. Un jean, un pull. Quelques tentatives inutiles pour essayer de masquer le manque de sommeil, les décalages horaires mal digérés, les fuseaux imaginaires.

Elle a décliné l'invitation à déjeuner de sa mère. Pas envie de parler. Pas en état de faire face à sa bipolarité chronique, à ses brèves envies de bouffer la vie, entrecoupées de moments d'abattement qui la font ressembler à un petit lemming programmé pour se jeter du haut d'une falaise un jour ou l'autre.

Lilly sort acheter un paquet de cigarettes. Le buraliste ne la quitte pas des yeux pendant qu'elle cherche la monnaie. Ensuite, elle retourne dans l'appartement, ouvre une des fenêtres donnant sur la place et allume une clope. C'est jour de marché.

Lilly broie l'espace, tente de lire quelques phrases d'un livre appartenant à Louis. Y renonce. Téléphone au commissariat. Rien de nouveau. En fin de soirée, elle se rend au Monoprix. Un type peste contre le Photomaton, planté près de l'entrée du supermarché, qui ne semble pas décidé à cracher les photos qu'il vient de payer. Un vent léger tourbillonne, piégé par les bâtiments alentour. Dans le fond de la place, le jet d'eau ensemence l'air de fines gouttelettes. Lilly entre dans le magasin, attrape au passage un panier, puis déambule dans les allées, comme si son salut pouvait se trouver quelque part au sous-sol d'un supermarché.

En parcourant les rayons, Lilly ne fait pas attention au type qui téléphone à sa femme pour savoir quelle marque de lessive il doit acheter, au vieux couple qui se tient par la main, à la femme qui court après son gamin pour lui faire reposer un jouet hors de prix. Ce monde-là lui est étranger.

Quelques minutes plus tard, son panier est rempli d'une multitude d'articles : des plaques de chocolat noir, une bouteille de sancerre, une de Lagavulin, des sachets de risotto surgelés, des paquets de pistaches… tout ce qu'aime Louis. Arrivée à la caisse, elle dépose les courses sur un tapis roulant. La caissière lui dit bonsoir sans lever les yeux, fait glisser son scanner sur les codes-barres. Lilly la regarde faire, pendant que les objets s'accumulent à l'autre extrémité du tapis, puis les enfourne dans des sacs en plastique et paie.

En sortant du Monoprix, Lilly a la sensation d'être au-delà du cercle polaire. La nuit est tombée. Les sacs, au bout de ses bras, semblent peser une tonne chacun. Ses muscles commencent à se tétaniser lorsqu'elle aborde la rue du Temple. Elle a appris qu'au bout d'un certain temps d'effort, les endorphines sécrétées transforment la douleur en plaisir. Elle ne va tout de même pas sciemment rallonger le trajet, juste pour vérifier cette théorie, pense-t-elle. Elle se met à compter ses pas, implorant les hormones d'arriver au rendez-vous en avance pour la soulager du poids.

Elle est à quelques dizaines de mètres de son appartement quand trois jeunes encapuchonnés lui proposent de porter ses sacs. Elle répond que ça va aller, qu'elle n'est plus très loin de chez elle.

Ils se mettent à danser autour d'elle, d'instinct, l'effleurant sans jamais la toucher. Lilly est envahie par une onde de panique.

« Au clair de la lune
Que la fille est jolie
Au clair de la lune
Chantent les garçons polis
Au clair de la lune
Que ses paquets sont lourds
Au clair de la lune. »

Lilly ne bouge pas. Ses mains tremblent. Elle a envie de pleurer, qu'on la laisse tranquille. Elle n'écoute pas les paroles. Personne pour la secourir.

Les trois jeunes en terminent maintenant avec leur rap improvisé. Ils saluent la fille en reculant de concert, portant la main droite sur leur cœur. Elle tente de leur sourire, les regarde s'éloigner, pendant qu'ils continuent de chanter « Au clair de la lune », pendant que s'instaure entre eux une chorégraphie, dont elle perçoit des éclairs blancs produits par celui qui porte un sweat clair.

Lilly ne connaîtra pas l'effet des endorphines, mais elle a trouvé un remède bien plus efficace pour oublier la lourdeur de ses sacs. Quelque chose comme un mélange de peur et de désespoir, qui lui permet de parcourir les cent derniers mètres sans la moindre douleur physique.

Au clair de la lune
Que la fille est stupide
Au clair de la lune
Ses paquets semblent vides.

L'entrée de l'immeuble est à deux pas. L'un des sacs s'éventre, se vidant de son contenu sur le trottoir. Lilly demeure un instant à observer les pistaches gisant sur les pavés et la bouteille de sancerre éclatée. Elle s'affale et se met à pleurer, à maudire les sacs trop fins, ses hormones défaillantes et toutes les formes du manque.

Au clair de la lune
Que la fille est stupide
Au clair de la lune
À genoux dans le vide.

Troisième partie

I

La soirée spéciale dédicaces débute à vingt heures et huit minutes sur Colisée FM, immédiatement après les informations : « *Que je t'aime*, chanté par l'immense Johnny Hallyday. De la part de Josy pour André. » Le voyant vert du curseur du tuner s'est abandonné sur une plage inconnue : « Dédicace spéciale amoureux sur la bande FM. » On se croirait revenu quarante ans en arrière, au temps du début des radios libres et des animateurs improvisés.

Johnny en a fini, lorsque Sardou embraye sur *Les Lacs du Connemara* : « Terre brûlée… » De la part d'Hubert pour Suzanne.

Suzanne Schmidt est morte de honte. Encore heureux que Max, le DJ, n'ait pas donné son nom. Elle ne s'en serait jamais remise. Une déclaration d'amour à la radio. Le romantisme absolu. De la part d'Hubert… Son voisin de palier. Elle en est persuadée. Un type fade, quasi transparent, pas attirant pour un sou.

Jamais elle n'aurait pensé ça de lui. Qu'il soit capable d'une chose pareille. Elle aurait mille fois préféré qu'il déclare sa flamme entre quatre yeux dans le couloir de l'immeuble. Passé la surprise, elle aurait pu faire face plus facilement. Elle comprend mieux maintenant pourquoi elle a découvert ce morceau de papier dans sa boîte aux lettres, avec une fourchette horaire et la fréquence d'une station de radio.

Comment va-t-elle pouvoir retourner travailler ? Elle aura l'impression que tout le monde sait, que ses collègues et ses élèves auront écouté l'émission et l'auront reconnue, elle, Suzanne Schmidt. Et même si ce n'est pas le cas, cette sensation ne la quittera pas.

Suzanne réfléchit. Son cerveau s'emballe. Depuis combien de temps n'y a-t-il pas eu d'homme dans sa vie ? Son mariage, un fiasco. Les aventures d'un soir, ou d'une nuit, ce n'est pas son truc. Le sexe non plus. Son premier orgasme est toujours à venir. À bientôt cinquante ans. Un jour, elle a même commandé quelques joujoux sur un site Internet. Le rouge lui était monté au visage au moment de passer la commande. Quelques jours plus tard, elle avait déballé le colis avec curiosité et excitation. Sur le rectangle moelleux de son lit, elle avait tenté d'apprivoiser sa chair, maladroitement, sans réelle conviction. Une sorte de dégoût s'était vite emparé d'elle et rien ne s'était passé. Rien d'intéressant, rien de satisfaisant. Rien de ce qu'elle lisait parfois dans les revues féminines faisant état du plaisir solitaire. Elle avait alors fourré le tout dans la gueule de son poêle Godin, son cadeau du Noël précédent. Qu'elle s'était fait. L'odeur du plastique brûlé avait empesté le séjour pendant une semaine entière.

Suzanne déteste Sardou. Pourtant, elle se sent incapable de changer de station. Elle pense à Hubert. Si elle lui enlevait ses lunettes et son costume en velours, si elle croisait son regard un peu plus souvent.

Elle se concentre là-dessus pour voir ce que ça fait. Peine perdue.

Elle se remémore le matin, lorsqu'elle a fait sa toilette, son reflet dans la glace, soigneusement évité. Un déplorable spectacle à ses yeux. Elle plaît pourtant à un homme, qu'elle croise chaque jour sans le connaître vraiment. Avec qui elle échange des bonjours polis et des au revoir distants. Pourtant, Cocciante a attrapé un coup de soleil. Pourtant, un frisson la parcourt. Pourtant, elle ne change pas de station. Elle fait une chose qu'elle ne fait habituellement jamais : aller se poster devant la glace de la salle de bains et minauder, frotter ses lèvres l'une contre l'autre, arranger ses cheveux et plisser les yeux pour sonder les dégâts.

Pourquoi Hubert ?

Elle aurait tant souhaité que ce soit son collègue Louis Forell qui lui fasse une déclaration. Aucune chance. L'homme idéal. Aucune chance. Trop vieille. Pas assez appétissante. Et il y a cette jeune fille qui a séduit Forell. La petite salope. Elle la déteste. Avec ses jambes fines et son visage d'ange. Toute cette beauté qui attriste le cœur de Suzanne. Toute cette beauté que vomit son ventre en circuit fermé.

Louis Forell a disparu.

Disparu.

Alors, pourquoi pas Hubert ?

Impensable.

Maureen a peut-être dit oui…

Pas elle.

Jamais de la vie.

« … Et maintenant, place à *Suzanne*, chantée par Leonard Cohen ! »

La petite salope.

2

Rien ne bouge dans la cave. Peut-être que le petit prof est clamsé. Une crise cardiaque, ça peut arriver à n'importe qui. Son cœur a certainement lâché. À moins qu'il joue la comédie. C'est possible. Ça doit drôlement cogiter un prof. Ça en a l'habitude. Et puis, après tout, qu'est-ce qu'il pourrait tenter ? Il n'y a pas de chaise à balancer, pas le moindre objet qui puisse se transformer en arme. Le jeune homme y a veillé. Il faut malgré tout rester prudent, laisser mariner le petit prof. Il n'aura rien à manger aujourd'hui. Il l'a bien mérité.

On hésite à donner un âge au jeune homme. Son corps sec et anguleux plaide pour la trentaine et son visage lisse revoit les prévisions à la baisse. Sa manière de s'habiller le fait ressembler à un ado attardé.

Il est maintenant prêt à faire une visite à ses parents en centre-ville. Il sort de chez lui, remonte l'impasse du Chat-Gaillard, puis rejoint la rue Perrin. Il attend un court moment avant qu'un bus se présente et le dépose le long de la place une dizaine de minutes plus tard. Quelques pigeons balancent leur tête d'avant en arrière en marchant, comme s'ils étaient mus par un ressort de rappel, une sorte de mouvement perpétuel sur pattes. Le jeune homme adore donner des coups de pied dans le vide. Jamais il ne parvient à toucher les volatiles. Il les regarde s'envoler et se reposer quelques mètres plus loin, à la recherche d'une miette tombée du sandwich d'un lycéen.

Le jeune homme traverse la place. Il aime le centre-ville pour une multitude de raisons. Les vieilles façades ridées au-dessus des vitrines des boutiques maquillées comme des visages de prostituées. Le néon fonctionne de nouveau sur le r de Singer. Ça rimera bientôt avec « hiver ». Il aime le ciel chargé de nuages, qui vide sa substance sur les toits argentés et sur les gens qui déambulent, parapluie ouvert. Une danse de champignons multicolores : amanites, coulemelles, bolets. Aucun n'imagine en cet instant croiser Satan en personne.

Et, par-dessus tout, il aime la ville parce qu'il y a Lilly.

Il passe maintenant devant l'immeuble où se trouve l'appartement de Forell. Pas de lumière. Il ne s'attarde pas. Repassera plus tard. Une oronge le bouscule, s'excuse, puis s'évanouit sous des baldaquins liquides. Il essuie son front d'une main trempée. Ses yeux s'absentent un moment, digressant de leur point d'ancrage. Puis il se remet en marche, telle une ombre humaine s'arrachant à la volonté du corps qui l'a enfantée.

Les parents du jeune homme habitent rue des Bouchers. Il a quitté la maison familiale peu après que la grand-mère s'est fait hospitaliser pour aller mourir dans une maison de retraite. Depuis, il a pris possession du petit pavillon de banlieue, anonyme et confortable. Un arbre au milieu de la forêt, avec une cave aussi profonde qu'un gouffre.

Son père est cheminot et sa mère ne travaille plus depuis cinq ans. Elle souffre d'une hernie discale, contractée après avoir vendu du tissu au mètre pendant plus de trente ans. La belle aventure humaine. Ils n'ont jamais compris quelles études leur fils avait poursuivies. Ils ne comprennent toujours pas pourquoi il en a fait car, six mois plus tôt, il a décidé de tout plaquer, pour travailler dans une boutique de CD et de disques vinyles désormais très recherchés par les collectionneurs nostalgiques. Au moins, il gagne sa vie. Même si cet emploi est bien en deçà des aspirations pour lesquelles ses parents se sont saignés. C'est quand même respectable, par les temps qui courent, un boulot.

Le jeune homme a gardé une clef. Il sera toujours chez lui. Sa mère le lui a dit et répété pour qu'il n'oublie jamais cette vérité. Il passe souvent saluer ses parents. Il les aime à sa façon. Un bon garçon. Sa mère lave toujours son linge. Les cycles de la machine, comme des cycles de vie. Se laver de la crasse. Passer de l'enfant à l'adulte, puis de l'adulte à l'enfant, le temps d'un petit tour dans le tambour de la machine. Ce qu'il sera toujours aux yeux de sa mère : innocent. Quoi qu'il fasse. Il demeurera innocent. Ce que les mères ne peuvent envisager autrement. Ce lien. Au-delà de tout.

Avec son père, la relation ne se décline pas en ces termes. En plus de son travail, le vieux a passé sa vie à défendre les acquis sociaux de ses camarades dans la grise boutique. Il en a tenu des piquets en fer, et aussi de grève. Il a bien des fois raconté son histoire à son fils, pour tenter d'éveiller quelque chose en lui, quelque chose comme des vertus : l'effort, le service public, la lutte contre les inégalités, des conneries aussi monumentales que le terminus de la gare, aux yeux du jeune homme. En résumé, le père et le fils ne sont jamais entrés en gare à la même heure. Comment le pourraient-ils, puisqu'ils ne se sont jamais vraiment parlé, jamais répondu, parfois écoutés, avec le souci de ne pas en dire trop ? Le pire acte de trahison qu'un père et un fils puissent se faire. La décadence des sentiments hors de l'affrontement. Toujours un train de retard.

Sa mère lui demande comment il va, si son travail lui plaît. Il lui plaît. Le jeune homme dépose son sac de linge sale dans le cellier, puis se rend dans sa chambre pour récupérer une pile de linge propre et repassé posée sur le lit. Lorsqu'il rejoint ses parents dans la salle à manger, ils sont en train de regarder une émission où on distribue des millions à la pelle.

— Tu m'appelles quand mon linge est prêt, maman ?

— Ça sèche pas vite en ce moment, répond sa mère sans détourner les yeux de l'écran de télévision.

— Pas grave, merci pour tout. Bonsoir.

— C'est « A », la bonne réponse ! Quel con ce candidat, lance le père sans prêter attention à son fils.

— Bonsoir…

— Il va même pas atteindre le premier palier, cet abruti !

— Bonsoir…

— Mais quel con, j'te jure ! Je devrais m'inscrire.

— Bonsoir…

— Putain, je leur montrerais comment un cheminot peut relever le niveau.

— Bonsoir, papa…

— Faut quand même pas sortir de Saint-Cyr pour savoir que c'est Daniel Guichard qui a chanté *Mon vieux*.

— Bonsoir, maman…

— Même toi tu le savais, hein, fils ?

— Je le savais, papa… Je le savais.

— Ah, tu vois, tout le monde le sait, fait le père en se tournant vers sa femme qui soupire.

— Bonsoir.

Le jeune homme quitte ses parents à vingt heures onze. Il repasse devant l'appartement de Forell. Cette fois-ci, il s'attarde devant les fenêtres. L'intérieur est éclairé. Il épie la silhouette qui glisse d'une vitre à l'autre, derrière les rideaux tirés. Il se souvient des mots de Joseph O'Connor tirés d'un bouquin dont il a oublié le titre : « Il avait le pouvoir de commander à la pluie de ne pas le mouiller. » Ce qu'un observateur attentif pourrait écrire de lui à cet instant précis, à cet endroit précis.

3

Qu'est-ce qu'il fout, le petit prof ?

Pas le moindre bruit de l'autre côté. Il n'a apparemment pas bougé.

La feuille de papier est toujours coincée sous la porte.

Qu'est-ce que ça veut dire ?

Son cœur a vraiment lâché ?

Non, quand même pas si vite.

Le jeune homme guette le moindre changement dans la cave.

Pour lui, attendre n'est pas un effort.

Surtout depuis qu'il a installé un convecteur dans le couloir, pour avoir moins froid.

Il attend que la feuille disparaisse et réapparaisse.

C'est comme ça que ça doit se passer.

Sa main droite tremble légèrement.

Puis se stabilise.

Le jeune homme observe la porte de la cave derrière laquelle quelqu'un s'apprête à jouer le rôle de sa vie, et ça tombe plutôt bien, parce qu'il est passé maître dans la direction d'acteurs. Il les dirige comme personne. Il les domine même. Il n'y a pas si longtemps qu'il met en pratique cet immense talent de cercler d'or et de magie les existences déviantes de ses acteurs. C'est son talent : transformer la fiction en réalité. Sans caméra. Mais, présentement, le petit prof semble dévier du script. Heureusement, le jeune homme est attentif à le conduire au bout du scénario. Il fera autant de prises que nécessaire. La scène sera parfaite.

En attendant, le petit prof n'aura toujours rien à se mettre sous la dent. S'il veut jouer à ce petit jeu, il perdra. Le maître est hors de la cave, bien au chaud près de son radiateur. Il pense au cheval de Troie qu'il a installé dans la place, bourré d'asticots grouillants. Il y en aura pour tout le monde. Bientôt, il ensemencera à son tour le cadavre du petit prof. C'est tout ce qu'il mérite. Un sacré banquet. Puisque la fin du film est écrite.

Et que tout sera dit.

Quand le dessin sera terminé.

4

Mes membres sont engourdis. Il fait un froid glacial dans la cave. La feuille de papier est apparue sous la porte, sans que je m'en empare. J'ai décidé de ne pas bouger, et de m'y tenir. J'ai entendu des bruits, quelque chose comme des meubles qu'on déplace, et toujours ce chuintement, ressemblant à des cordes frottées au fond d'une gorge, et ce fond musical qui provient d'étages supérieurs.

Je me déplace en silence, pour me retrouver devant la porte. Je crispe mes doigts sur la chaussette garnie de piles, puis relâche la pression, afin de vérifier que tout fonctionne parfaitement. Si l'occasion se présente.

Je pense à Lilly. L'idée de ne plus la revoir agrafe une douleur supplémentaire dans mon cerveau.

La faim me tiraille. Elle atténue un peu le froid ressenti. Les douleurs s'équilibrent, me dévorent. Il va se passer quelque chose. C'est sûr. Le type va perdre patience. De toute façon, je ne peux plus reculer, sinon contre le mur de pierre, les pieds gelés et le ventre vide. J'ai jeté une amorce dans l'eau, espérant que l'hameçon sera assez gros pour attraper le requin. C'est trop con, cette sensation, déplacé même, mais j'ai envie d'une bière, une bonne bière blonde, avec de la mousse. Si près du terminus, je pense à boire une bière ! L'envie ne passe pas et je suis incapable d'enrayer le processus engagé dans mon ventre, alors que je vais peut-être crever dans les heures qui suivent. Je rêve d'une volée de protéines, d'un champ d'orge dans la bouche, un raz de marée sur la langue. Vraiment trop con.

*

0 – 30…

+30 :

Ma tête est vide.

Et ce froid…

Toujours.

Impossible de réfléchir. L'eau suinte des parois du mur. Impossible de parvenir à ce qui me sauve jusqu'à présent. Remonter le temps. Penser à Lilly. Me réchauffer de ça. Allez, Louis, un petit effort.

Pas impossible.

Me concentrer et…

Reprendre…

0 – 30 : le téléphone mobile dans ma main. J'expérimente les effets de la matière entre les corps. Tente de me convaincre que ce n'est pas du vide, me demande si je n'ai pas rêvé. Le contact avec l'autre corps. Me demande s'il faut attendre avant d'appeler.

Quinze ans. J'ai quinze ans. Les touches côté paume, puis côté ciel. Parfois, mon doigt s'égare sur la touche Menu, puis Répertoire, flèche du bas. Des noms anonymes défilent jusqu'au Graal : Lilly. Le souvenir de ses traits. Un prénom incrusté sur fond bleu. Effacer. Appeler.

Appeler. Appeler. Appeler. Appeler.

Côté paume.

Côté ciel.

Appeler.

Appeler…

— Allô ?

— Vous êtes sur le répondeur d'Émilie. Laissez-moi un message et je vous rappellerai.

— Bonjour, c'est Louis, nous avons bu un café ensemble, hier, et… enfin, je me demandais si on pouvait se revoir… si vous en avez envie, bien sûr.

— Allô !

— Allô… J'étais en train de vous laisser un message… Je suis Louis, vous vous souvenez ?

— Oui, en général, je me souviens des gens avec qui je parle plus de cinq minutes.

— Ce que je peux être maladroit…

— Mais non, c'est moi qui vous charrie.

— Je me demandais si on pouvait se revoir.

— Je suis pressée, là !

— Ah, c'est pas grave.

— Disons, dix-sept heures, même endroit qu'hier.

— Ah, très bien, j'y serai.

— À tout à l'heure, alors !

— Oui, à tout à l'heure.

Je raccroche après que Lilly a mis fin à l'appel. J'ai la sensation que l'aube demeurera inachevée tant que je ne l'aurai pas revue.

5

Dix-sept heures huit.

Le serveur pose deux cafés sur le comptoir. Il s'appelle Kamel. Mais ça, la plupart des clients ne le savent pas. Il finance ses études de droit avec des extras dans un bar du centre-ville. Tout en assurant le service, il aime observer les gens, leur parler, parfois. Juste des banalités. Un contact.

Les deux au fond de la salle, il les a remarqués la veille. La fille est canon. C'est incroyable cette ressemblance avec Penélope Cruz. Le type, il ne lui trouve pas de sosie. Kamel ne peut s'empêcher de chercher des ressemblances. C'est plus fort que lui, comme de triturer les chiffres qui s'invitent dans son champ de vision. Pendant que le percolateur crache deux cafés dans des tasses, il détourne son regard, s'égare sur les reliefs des tables voisines, ressemblant à une chaîne de montagnes humaine, une cordillère changeante, recouverte de neiges éternelles. Parce que tout lui paraît anonyme, dérisoire. Le décor change sans cesse, sans jamais se renouveler vraiment. Il sait ce que les yeux du type désirent en regardant la fille. Cet unique objet de son désir : les yeux de la fille. Sûrement un bon début. Suffisant pour ce jour.

Kamel se déplace avec aisance entre les tables. La semaine dernière, il s'est acheté une paire de Converse en cuir. Il en est fier de sa paire de chaussures. Le premier truc de marque qu'il a pu se payer, rien qu'avec les pourboires du mois dernier.

Penélope et le type ont repris un café. Ils n'ont pas touché à leur sucre, ni au spéculoos déposé dans la soucoupe. Kamel remarque que les yeux de la fille ne fuient pas le regard du type. Ne fuient plus. Il a le sentiment que quelque chose d'important se passe dans ce bar, et il en est le témoin. De cette rencontre qui s'éternise, des mains qui se touchent, juste après les yeux. De la magie qui surplombe la beauté, sur un à-pic vertigineux. Ça crève les yeux. La foudre.

Ça rend Kamel heureux, le bonheur des gens. Les bons débuts.

Il termine son service à vingt heures. Observe la dérive des continents, pense aux nouvelles étendues vierges qui se sont formées et à celles qui se formeront le lendemain.

C'est l'heure de débaucher. Penélope et le type sont partis depuis longtemps, certainement pour des terres en friche. Kamel enfile sa veste, puis sort en saluant son patron. Il a rendez-vous, lui aussi. Elle s'appelle Aude. Et il n'en finira pas de lui dire qu'il l'aime.

6

Il est peut-être mort, après tout, ou sacrément mal en point, le petit prof. Les mouches sont certainement déjà en train de se régaler. Même dans l'obscurité, elles l'ont probablement trouvé. Au moins, il a dû comprendre pour le dessin.

Le papillon.

Juste avant de crever.

De se métamorphoser en cadavre.

Le jeune homme se souvient de la première fois que Lilly poussa la porte de la boutique. Elle ne savait pas quoi choisir parmi les piles de CD. Il s'approcha pour lui demander si elle cherchait quelque chose de particulier. Ce que fait tout bon commerçant consciencieux lorsque le client hésite et s'apprête à repartir bredouille. « Rien de particulier ! » répondit-elle. Il lui proposa d'écouter des extraits, et elle finit par choisir le premier album des Rita Mitsouko, celui de *Marcia Baïla*.

Ce jour-là, août chauffait l'atmosphère comme un brasier. Lilly portait un tee-shirt à bretelles. Lorsqu'elle faisait défiler les CD dans les bacs, les muscles de ses épaules jouaient avec le coton. Le jeune homme ne pouvait détourner son regard de cette vision, et du papillon tatoué sur l'épaule gauche de la fille. Un papillon vivant. Deux créatures symbiotiques.

Le papillon.

Lilly.

Elle revint souvent dans la boutique, parce que le vendeur était sympa et qu'il lui proposait des artistes géniaux qu'elle ne connaissait pas. Le genre brun ténébreux. Un jour, il lui offrit un café, qu'il était allé faire dans la remise de la boutique. Le café était très mauvais, mais ça semblait faire plaisir à Michael. C'était le plus simple, de s'appeler par leur prénom, alors elle accepta de livrer Lilly, plutôt qu'Émilie.

Elle passait à la boutique une ou deux fois par semaine, sans forcément acheter quelque chose. Seulement pour écouter les nouveautés et aussi de vieux titres poussiéreux. Juste ça. Le problème, c'était que plus elle venait, plus le jeune homme se faisait des idées. Il se disait qu'elle ne passait pas simplement pour écouter, ou acheter un CD, que c'était peut-être un peu pour le voir. Alors, l'idée avait fait son chemin. Il tomba amoureux de Lilly.

Puis, un jour d'orage, la foudre s'abattit à l'intérieur de la boutique. Lilly venait d'entrer avec un type, en riant aux éclats. La pluie chaude se transforma en une chute de stalactites. Il s'appelait Lucas. Il aimait Billie Holiday et Jean-Louis Murat, et aussi d'autres trucs bizarres. Le jeune homme, lui, adorait les années quatre-vingt : P. Lion, Boy George et, par-dessus tout, Eurythmics. Depuis ce jour-là, il sut qu'il ne pourrait pas vivre en sachant que Lilly appartenait à un autre.

Une certitude.

Une évidence.

Ce fut le premier serment qu'il se fit. Elle lui en serait éternellement reconnaissante. Sa seule mission sur terre était désormais de préserver la beauté incarnée de cet ange. Ne pas le laisser souiller par un intrus. Ne pas abandonner la beauté incrustée dans ses yeux dévastés. Sa souffrance perfectible.

Elle deviendrait…

Elle était la femme de sa vie.

Sa vie entière.

La seule…

Femme de sa vie.

Elle se rapprocha du jeune homme après la séparation d'avec Lucas, pour ne pas se sentir seule. Le jeune homme ne comprit pas qu'il faisait une simple pige. Il avait le sentiment d'être entré dans une salle de cinéma, prêt à voir et revoir le même film toute son existence, alors que, pour Lilly, c'était juste un court-métrage, et encore, elle n'avait pas l'intention de rester jusqu'à la fin de la projection.

La première preuve d'amour du jeune homme consista à enlever et à tuer Lucas, à l'accrocher au mur de sa cave, simplement parce qu'il avait posé ses sales pattes sur Lilly et que c'était insupportable. De savoir qu'il vivait encore. Même s'il n'y avait qu'une infime possibilité que ça puisse recommencer entre eux. Le jeune homme n'avait pas vraiment joué avec lui. Il l'avait simplement saigné comme le porc qu'il était.

Pour Forell, c'était différent. Lilly avait quitté le jeune homme pour le petit prof, alors il fallait qu'il en bave, qu'il paie jusqu'à ce qu'il crève. Ça ne pouvait pas suffire quelques coups de lame froide dans le bide.

Comment avait-elle pu commettre deux fois la même erreur ? Se tromper d'homme. Ne pas voir son amour à lui, qui crevait les yeux. Se voiler la face à ce point.

Lilly n'était jamais revenue à la boutique après avoir rencontré Forell. Elle devait penser que le jeune homme ne pourrait pas le supporter. Pourtant, ce n'était pas du manque, puisqu'il savait qu'elle lui reviendrait. Cette certitude, comme un prédateur sûr de sa force.

Le petit prof n'était qu'un jouet. Et on pouvait perdre un jouet, ne jamais le retrouver. Sans compter que ça éviterait de s'en lasser, du jouet. On ne pouvait pas passer sa vie à jouer. Ça passerait, le manque. Ça ne serait bientôt plus qu'un souvenir, pas même mauvais, pas même bon. Un souvenir posé sur la même étagère que tous les autres. Un vulgaire jouet à démantibuler.

Comme disait ce bon vieux Robert Duvall dans *La nuit nous appartient*, de James Gray : « Quand on pisse dans son froc, on n'a jamais chaud bien longtemps. » La rencontre avec le petit prof, comme un délicieux relâchement des sphincters. Sensation de chaleur. Passagère. La perte, c'était comme de se sentir mouillé, souillé. Souvenir d'enfance. Et après, ça séchait. Et après, on oubliait. L'odeur persistait quelque temps, mais c'était sec. Il n'y avait plus qu'à changer de froc, apprendre à contrôler ses sphincters, et la messe était dite.

Le moment de sonner le tocsin.

Ouvrir la porte de la cave.

En finir…

7

Hubert exhume son plus beau costume de l'armoire de sa chambre, celui en velours, à fines côtes, acheté chez Burton. Il déniche également une chemise blanche qu'il n'a encore jamais portée. Il l'enfile, lissant les pans inférieurs sur ses cuisses, avant de passer le pantalon par-dessus. Il vérifie l'absence de plis disgracieux. Le résultat lui semble plus qu'acceptable. Il hésite à mettre une cravate. Se dit au final que ce n'est pas la peine. Il ne se rend tout de même pas à la messe ! Et la cravate, c'est pour la messe du dimanche matin. Il ne faut pas tout mélanger. C'est bien de respecter les traditions, et ne pas tout mélanger. Il sort ensuite une paire de chaussures noires d'une boîte en carton, qu'il a dû mettre deux ou trois fois. Du cuir pleine fleur, lui avait dit la vendeuse. Hubert n'avait pas osé demander ce que ça voulait dire : « pleine fleur », certainement un gage de qualité. Il retire les embauchoirs, puis crache un peu de salive sur le cuir, et frotte avec un chiffon pour le faire briller. La surface se met à luire. Son esprit vagabonde, guide ses pensées vers le corps de la femme qu'il chérit en secret. Ça le fait rougir de l'imaginer dénudée.

Maintenant habillé et chaussé, il se plante devant la psyché qui trône près du lit. Il se trouve une certaine allure pour un type de son âge. Une certaine élégance même. Pas un poil de graisse et toujours rasé de près.

Satisfait de l'effet produit, il va dans la cuisine se préparer un café. Il le boit debout, se reculant à chaque fois qu'il porte la tasse à ses lèvres, pour ne pas se tacher. Il ne peut rien avaler de solide. Il veut être le plus léger possible. Ce matin, pour la première fois, il a le sentiment d'aller au travail comme il irait à un rendez-vous amoureux. Parce qu'il a décidé d'aller au bout de son désir et de s'immiscer dans l'univers intime de sa voisine. Coûte que coûte. Forcer sa chance.

8

Je me demande depuis combien de temps je suis enfermé ici. J'ai perdu le fil depuis que le dateur de ma montre est resté bloqué. Je ne sens plus les muscles de mon corps. En reste-t-il au moins encore un seul en état de fonctionnement ? Je me fais l'effet d'un Barbapapa capable d'épouser les formes qu'il touche.

J'entends le son lointain d'une musique, un vieux morceau bien mièvre des Bangles, *Eternal Flame*. En plus, le type se fout de moi. Il a monté le son suffisamment fort pour que je perçoive de quoi il s'agit. Une flamme éternelle. L'enfoiré.

Mes forces s'épuisent.

Il sera bientôt trop tard.

Pour la millième fois, je me répète mentalement le plan que j'ai échafaudé, au cas où l'occasion se présenterait. Cette fois-ci, ce sera peut-être la bonne. Je me surprends à avoir envie de vomir en y pensant. Il n'est plus temps de réfléchir. Je dois disposer les troupes sur le champ de bataille. Mon seul espoir est là, dans ma main droite gelée et dans le temps qui remonte.

Je bouge mon bras.

J'aspire mes dernières forces.

Ma dernière chance.

Si jamais…

La saisir.

Avant de sombrer.

*

0 – 31 : j'ai un trou de deux heures dans mon emploi du temps du mardi après-midi. En règle générale, j'emploie ce créneau à préparer un cours ou à corriger des copies. Mais,

ce jour-là, j'ai envie de déroger à la règle et d'aller boire un café.

Je décide de monter en centre-ville à pied. J'irais plus vite en voiture, mais le barillet de la poignée de la portière conducteur est cassé, et c'est un modèle plutôt rare à dégoter. Alors, quand je peux éviter de tenter le diable.

Dix minutes plus tard, je m'installe à la seule table libre du bar, située tout au fond du bar, puis sors mon carnet et un stylo. De temps à autre, je lève les yeux pour observer les gens. Des étudiants, pour la plupart. Je remarque une jeune femme assise à la table d'à côté, seule. Elle a commandé un thé et semble absorbée par la lecture de son livre. Elle est belle. Je distingue une femme noire sur la couverture. Je suis trop loin pour distinguer de qui il s'agit. La femme a les yeux fermés et la bouche tordue, dans une posture à la Munch. Le titre : *Strange Fruit* barre la couverture du bouquin. Comme une porte à pousser. *Strange Fruit*, cette chanson, entendue pour la première fois il y a six ou sept mois, interprétée par Aaron. J'ai même traduit les paroles pour comprendre ce qu'elle racontait tant l'ambiance me paraissait pesante. Une porte à pousser.

Je pousse la porte.

— Excusez-moi, mademoiselle... Je peux vous demander qui est cette femme sur la couverture de votre livre ?

— Billie Holiday ! me répond-elle après un moment de surprise.

— Et le titre, *Strange Fruit*, il a quelque chose à voir avec cette chanson qui parle du lynchage des Noirs aux États-Unis ?

— Oui, c'est un de ses morceaux les plus connus.

— Moi qui croyais que c'était une chanson originale d'Aaron !

— Je connais la reprise, elle est pas mal, mais vous devriez l'entendre interprétée par Billie.

Je me sens un peu ridicule, alors je dis :

— Je suivrai votre conseil. Excusez-moi de vous avoir dérangée...

— Si vous voulez l'écouter, le morceau est sur mon téléphone.

— Avec plaisir, je réponds, surpris à mon tour par la proposition.

La jeune fille fait glisser un doigt sur l'écran de son portable, branche des écouteurs, puis me les tend. Nos mains s'effleurent. Je place les écouteurs sur mes oreilles. Elle me demande si je suis prêt. Je lui fais signe que oui et elle envoie le morceau. Je me retrouve au pied d'un arbre sur lequel se balance le cadavre d'un homme à la peau noire dans la brise sudiste. Durant les quelques minutes que dure la chanson, je ne pense pas à la beauté ni à l'attraction des corps, je pense à des oiseaux de malheur vêtus de robes blanches, aussi blanches que les corbeaux sont noirs. J'ai la sensation de flotter dans un air saturé de poussière et de graines de coton. Je suis un radeau de colère dérivant sur un océan laiteux entouré de beauté. Mon regard porte bien au-delà de ce bar, quelque part à l'intérieur de moi, aussi loin qu'il m'est possible d'aller.

À la fin de la chanson, je rends les écouteurs à la jeune femme sans dire un mot. J'en suis incapable. Elle semble épier ma réaction. Je suppose que mon émotion est palpable. Elle demande :

— Ça va ?

— Ça va.

— Ça m'a transpercée la première fois que je l'ai entendue.

— Merci, dis-je avec une intense émotion dans la voix.

— Ce n'est pas la peine de me remercier.

J'ai peur d'aller trop vite, trop loin et de ne plus pouvoir revenir en arrière. De refermer la porte. Je me ressaisis. Je tente d'oublier l'animal qui me fouille le ventre.

— Je vous offre quelque chose ?

— Un café, je veux bien, répond-elle sans hésiter.

— J'ai un cours qui commence dans quarante-cinq minutes, je ne pourrai pas rester longtemps.

— Vous êtes enseignant, alors ?

— Oui, c'est le seul moyen que j'ai trouvé pour faire semblant d'être devenu grand en réussissant mes diplômes.

Elle sourit.

— Prof de quoi ?

— Sciences et vie de la Terre.

— Marrant.

— Il doit y avoir plus drôle, j'imagine.

— Je termine mon doctorat en bio.

— J'aurais parié que vous étiez en lettres.

— Mauvaise intuition.

Elle me désarme d'un autre sourire.

— Désolé.

— C'est une habitude, chez vous, de vous excuser à tout bout de champ ?

— Je ne dois pas être dans mon état normal. Vous aussi, vous voulez être prof ?

— Je préférerais la recherche, mais ça paraît compliqué. Je prépare aussi le CAPES, pour me ménager une porte de sortie.

— Vous risquez d'entrer dans les ordres, alors.

— C'est pas vraiment comme ça que je vois les choses.

— Vous avez raison, on est tout de même tenu à moins de privations dans l'Éducation nationale.

— Vous voulez parler des prières à heures régulières, ce genre de choses ? dit la jeune fille d'un air ironique.

— Bien sûr, je réponds en baissant les yeux.

Nous partons tous les deux dans un fou rire qui fait se retourner trois jeunes boutonneux, dont les regards ne s'arrêtent pas un seul instant sur moi.

— Il faut vraiment que je m'en aille maintenant, sinon la mère sup va me rappeler à l'ordre, dis-je.

— Je m'en voudrais…

— Peut-être que… nous pourrions continuer cette conversation, ou en commencer une autre, si ça vous dit ? je fais, en montrant mon téléphone.

Elle me donne son numéro, que j'enregistre immédiatement.

— Je ne connais pas votre prénom.

— Émilie, mais tout le monde m'appelle Lilly.

— Moi, c'est Louis.

— Pas la peine de me donner votre numéro, je l'aurai si vous m'appelez.

— Vous l'aurez.

— À bientôt, sûrement ?

— À bientôt.

Je sors du café. Je me retourne en fermant la porte. Lilly ne m'a apparemment pas quitté des yeux. Quelques secondes plus tard, les pavés sous mes pas sont doux comme du coton.

Je me rappelle ce moment comme si je le vivais de nouveau. C'est ce qui parvient encore à me maintenir en vie. Je ne sais quelle expression s'est dessinée sur mon visage à l'évocation de ce souvenir, ici, dans l'obscurité. Ce que je sais, c'est que je le sens se fermer. Le charme vient de se rompre. Je ne suis pas dans un bar avec Lilly. Je suis dans une tranchée puant le rance, la pisse, la merde et la pourriture des chairs. Je suis un soldat qui attend l'assaut de l'ennemi. Un soldat qui n'espère plus qu'une seule chose : sortir et s'exposer au feu. Même si l'espoir d'échapper aux balles est infime. Parce que tout vaut mieux que de rester enterré ici au fond de mon trou. La seule solution, rejoindre le Chemin des Dames, et frapper l'ennemi au hasard.

9

Hubert fait en sorte de croiser sa voisine chaque jour. Pas de journée sans Suzanne. Sentir son parfum, suivre son sillage, vérifier à l'avance que rien n'entrave sa route et demeurer un moment dans l'encadrement de la porte d'entrée de l'immeuble où ils vivent tous les deux ; la regarder s'éloigner dans la rue et photographier les choses qu'elle voit, la poignée de portière de sa voiture, qu'elle va toucher, et qu'Hubert a effleurée bien avant. Le même rituel.

Hubert est toujours le premier arrivé au bureau, le premier à appuyer sur les touches du digicode, le premier à pousser la porte vitrée, à marcher sur la moquette rouge du couloir qui distribue les bureaux des assurances NAXO.

Le patron s'appelle M. Giffret. Il arrive toujours après Hubert. Un bon patron, qui aime ses employés. Ici, on ne se tutoie pas. C'est la règle, à contre-courant de la culture d'entreprise. Pas de week-end passé à sauter de liane en liane avec les collègues, ou à descendre une rivière en canoë, en se répétant qu'on est une belle famille. M. Giffret respecte les individus. Il dit que c'est ce qui peut empêcher les guerres, qu'il ne faut pas laisser les gens s'effacer derrière quelque communauté que ce soit. C'est peut-être un raccourci, mais, au moins, sa théorie ne fait de mal à personne. Chez NAXO, on n'achète pas la liberté, elle va de soi, tant que le travail est fait correctement. Ce qui n'exclut pas d'organiser parfois un repas entre collègues. Vient qui veut. L'envie d'une seule personne peut rejoindre celle des autres. Hubert, lui, n'est jamais allé à un de ces repas.

Il se sent bien chez NAXO. Il ne pourrait dire s'il s'épanouit vraiment, mais, au moins, il est content d'aller au travail. Jamais une corvée.

Pourtant, aujourd'hui, en rejoignant son bureau, un terrible doute l'envahit. Un doute qui n'a rien à voir avec un contrat d'assurance à rédiger. Un doute qui le ramène quelques heures en arrière, exactement au moment où il écoute Colisée FM. Il ne sait plus s'il souhaite que sa voisine ait entendu la dédicace. Parce qu'avant ça, il n'a pas imaginé un seul instant que ça pourrait mettre une distance supplémentaire entre eux, au lieu de les rapprocher. Ce serait pire que tout, une distance supplémentaire, quand il souhaite exactement le contraire. Sans compter qu'il va devoir attendre jusqu'au soir pour savoir ce qu'il en est, s'il a eu raison, ou pas. Attendre de croiser Suzanne. Et aura-t-il seulement le courage de lui parler, de se jeter à l'eau ?

— Bonjour, Hubert !

— Monsieur Giffret… Bonjour… Je ne vous avais pas entendu entrer, dit Hubert surpris.

— C'est normal, puisque j'étais déjà là.

— Déjà ?

— Ça fait combien de temps qu'on travaille ensemble ?

— Vingt-deux ans, je crois.

— Si j'ai bonne mémoire, c'est la deuxième fois en vingt-deux ans que j'arrive avant vous.

— Si vous le dites… Pourtant, je ne vous ai pas vu dans votre bureau, quand j'ai traversé le couloir.

— J'étais dans la salle de réunion, en train de préparer le dossier Malpeyrat Immobilier. Leur responsable m'a appelé hier soir pour me dire qu'on avait décroché le marché.

— Formidable !

— Le plus gros contrat jamais passé par les assurances NAXO. Ils viennent signer ce matin, je voulais que tout soit parfait.

C'est déconcertant pour Hubert, ce que ce simple événement change en lui. Ne pas être le premier arrivé ce matin-là. Le même effet qu'un coureur à qui on viendrait de passer un relais, alors qu'il n'a, précisément, personne à qui le transmettre, ce foutu relais. Sensation oppressante, comme si on venait de piquer sa place de parking, acquise de toute éternité. Le fait qu'il ne s'est aperçu de rien en entrant. Un changement qu'il aurait dû ressentir, s'il n'y avait pas eu ces certitudes emmagasinées. Depuis combien de temps déjà ? Vingt-deux ans, monsieur Giffret. Vingt-deux années passées à croire que certaines choses ne peuvent pas changer. Après ce qui vient de se passer, comment pourra-t-il regarder Suzanne sans imaginer que sa propre vie peut lui échapper à tout moment ?

Même si c'est le patron en personne, qu'est-ce qu'on vient contrarier Hubert dans ses habitudes ? Qu'est-ce qu'on vient l'emmerder, ce matin, avec son contrat mirobolant ? La colère monte. Pas Dieu possible. De la haine. Ce n'est pas la première fois qu'Hubert en éprouve pour quelqu'un. Juste au moment où il prend sa vie en main. Pour autant, il ne peut pas dire au patron qu'il lui gâche ce moment. Non, il ne peut pas, mais il se dit que la colère, même contenue, c'est déjà pas si mal.

À la fenêtre, Hubert observe les antennes métalliques ressemblant à des arêtes de poissons fichées sur des écailles d'ardoise. Le soleil éclaire des nuages chargés de pluie, arrivant du lointain, qui vont bientôt se déverser au-dessus du bâtiment abritant les assurances NAXO. Sa colère s'atténue peu à peu, en même temps que les premiers coups de tonnerre se font entendre. Il s'assoit derrière son bureau, allume son ordinateur en imaginant Suzanne Schmidt donnant la becquée à de jeunes idiots.

10

Enfoiré de petit prof !

Il ne perd rien pour attendre…

Peut pas lui faire ça, à lui.

Pas déjà mort.

Trop tôt.

Pas dans le scénario.

Le jeune homme est posté devant la porte de la cave. Debout. Son cerveau se concentre sur chacun des mécanismes de son corps indispensables à l'ouverture de la porte.

Il tient un revolver dans sa main droite et, de la gauche, fait basculer le verrou. Il n'ouvre pas la porte, attend un instant, épie un éventuel bruit venant de l'intérieur de la cave, puis saisit la lampe torche posée sur la table métallique, et l'allume. Le faisceau suffirait à éclairer un terrain de foot. Il prend une longue inspiration. L'oxygène emmagasiné dans ses poumons alerte ses muscles. De son pied gauche, il pousse violemment la porte, au cas où Forell serait posté derrière pour tenter de le surprendre. Le jeune homme reste en retrait. N'entre pas. Recule. Des effluves pestilentiels atteignent ses narines, tous les gaz éructés par la cave. La porte ouverte apparaît au jeune homme comme une bouche béante, puant bien plus qu'une fosse à purin. Il raidit son bras au bout duquel le métal de son arme gicle dans le faisceau de la torche pointée vers l'intérieur. Revolver stabilisé. Chargé de six balles.

Le jeune homme fait un pas en avant, tout en balayant le volume de la cave avec la torche. Il distingue une forme recroquevillée sur le sol, à moins de trois mètres de lui. C'est pas résistant, un petit prof, se dit-il contrarié, déçu par le manque de combativité de son prisonnier. Il n'a pas lutté bien longtemps. Vraiment décevant. Se méfier quand même. Forell fait peut-être le mort. Prendre toutes les précautions nécessaires. Le jeune homme a tout le temps pour lui. La lumière danse dans la cave, éclaire chaque mur, chaque recoin. Tout le monde est à sa place. Le cadavre est toujours pendu au mur. Le jeune homme continue d'avancer. Il va falloir qu'il nettoie toute cette merde, maintenant. Il donne un léger coup de pied dans le corps de Forell, qui s'étale sous l'impact, comme un fruit pourri tombé d'un arbre. Pourri ? Trop pourri, le fruit, et bourré d'asticots qui se tortillent dans l'impact lumineux. Un fruit qui n'aurait jamais dû pourrir aussi vite. Réagir. Le jeune homme fait tournoyer la lumière dans la cave, à la manière d'un phare devenu fou cherchant un navire perdu. Trop tard, la tempête se déchaîne déjà. Une vague déchire l'horizon. Le corps accroché au mur bondit dans un intervalle d'obscurité. Sur lui.

Trop tard.

Le jeune homme a juste le temps de percevoir le sifflement provoqué par un objet qui fend l'air et vient percuter sa boîte crânienne.

Le revolver et la torche tombent au sol. Quelques asticots s'enfoncent dans le cadavre en décomposition, fuyant la chaleur. Le jeune homme encaisse sans perdre connaissance, mais les idées se bousculent dans sa tête, comme des particules dans un accélérateur. Trop de particules. Sa plus grande erreur est de vouloir saisir la torche, avant le flingue. La lumière avant l'arme. Erreur. Lorsqu'il tend son bras en direction du revolver, il est trop tard. Forell lui balance un coup de pied dans le ventre et saute par-dessus lui. La silhouette du petit prof se découpe dans l'ouverture de la porte restée ouverte. Le jeune homme appuie sur la détente sans vraiment viser, une fois, deux fois, trois fois. La dernière balle bute contre la porte refermée. Ricoche. Se perd. Les détonations résonnent à l'intérieur de la cave, à faire exploser ses tympans. Il ne s'est toujours pas relevé que le verrou glisse dans l'œilleton fixé sur le mur.

Le jeune homme a du mal à reprendre son souffle.

Le petit prof a dû lui casser une côte, peut-être plusieurs.

Il fait un effort pour se contrôler.

Le silence revient.

Puis le bruit d'une porte qui s'ouvre.

Une autre porte.

Se ferme.

Silence.

Silence et nuit.

11

Je l'ai eu, ça a marché, j'ai eu le taré.

Je suis dans un couloir. Mon cerveau fonctionne à plein régime. Mon plan a réussi. Il fait sombre. Je distingue un escalier dans le fond. J'avance dans cette direction. Arrivé au bout du couloir, je commence à monter les marches qui se dérobent sous mes pieds. Je me tiens à la rampe pour ne pas chuter. Le type est enfermé, pourtant je crève encore de trouille. Peut-être a-t-il un complice ? Je prends toutes les précautions. Ne pas me faire surprendre. Une fois à l'étage, je fouille les pièces. Personne. Le type a sûrement agi seul. Je ne mets pas longtemps avant de trouver un téléphone fixe. Lorsque j'ai la police en ligne, je suis incapable de dire où je me trouve. Quel abruti ! On me dit de ne pas raccrocher et de sortir voir si je peux me repérer à l'extérieur, ou trouver quelqu'un susceptible de me renseigner. Le flic m'assure qu'il reste au bout du fil. Je pose le combiné sur la table. Des flammèches s'allument et s'éteignent devant mes yeux. Je suis à bout de forces. Mon corps se relâche, me rappelle à l'ordre. J'ai la sensation d'être coupé en deux. Je tente de me reprendre, me concentre. Ça ne passe pas, toujours les flammèches qui dansent devant moi. Je touche machinalement mon torse. Ça colle. Je retire ma main, la paume est tachée de sang. Le type m'a blessé. Je dois faire vite. Jusqu'à présent, je n'avais rien senti. Vite, sortir. Je réalise que je suis nu. Je passe un pardessus accroché à une patère, me dirige vers la porte d'entrée. Le moindre geste me fait horriblement souffrir. Je ne sais ce qui est le plus douloureux : la vue du sang ou la blessure elle-même. J'ouvre la porte. La lumière du jour me cueille comme un nouveau-né sortant du ventre de sa mère. Une rue, des maisons, personne. Je marche en titubant, puisant ce qu'il me reste de forces et de volonté.

Trop difficile de rester en équilibre. Impossible. L'enfoiré, il m'a eu.

Le temps n'a pas d'importance.

N'a plus d'importance.

Il n'y a personne. Le bout de la rue est à quelques dizaines de mètres.

La descendre, et je serai sauvé.

Ne pas m'évanouir… Pas maintenant.

12

Alexandrine Malvoisin revient de faire ses courses à la supérette du coin. Il est dix-huit heures lorsqu'elle s'engage dans la rue du Chat-Gaillard. Elle aperçoit un homme sur le trottoir, devant la maison de sa vieille copine Jacqueline, décédée depuis plus d'un an. C'est son petit-fils qui occupe maintenant le pavillon. Un garçon discret et attentionné qui lui demande toujours des nouvelles de ses vieux os. Un jeune comme on n'en voit plus de nos jours. Elle le reconnaîtrait si c'était le petit Michael, même avec sa cataracte. Trois pommes qu'elle a fait sauter sur ses genoux. Mais ce n'est pas lui, c'est sûr. L'homme tient à peine debout. Il est vêtu d'un manteau.

Alexandrine s'étonne qu'il ne porte pas de pantalon en dessous et qu'il marche pieds nus. Elle regarde l'homme s'éloigner en titubant. Il ne l'a pas vue. Il lève la tête vers les façades des maisons, semble chercher quelque chose. Il ne remarque pas Alexandrine, statufiée.

Le type s'est maintenant éloigné. Il s'arrête sous la plaque indiquant le nom de l'impasse. C'est manifestement ce qu'il cherchait. Alexandrine met alors ses jambes flageolantes en ordre de marche en se disant qu'il s'agit certainement d'un SDF, ou d'un voleur, ou des deux à la fois ; peut-être même un de ces drogués en manque. Elle sort en hâte son trousseau de clefs de son sac à main, entre chez elle et s'enferme à double tour. Elle s'assoit sur une chaise pour reprendre ses esprits, puis avale un cachet de trinitrine, afin de maîtriser l'emballement de son cœur.

Enfin remise de ses émotions, Alexandrine Malvoisin se lève pour jeter un coup d'œil à la fenêtre. L'homme est toujours là, désormais allongé sur le trottoir. Il ne bouge plus.

Mort ? Bon débarras, songe-t-elle, comme pour se convaincre de sa réaction instinctive. Elle se détourne de la fenêtre, de la vision, et s'enfonce dans le canapé en tissu brun du salon, où dort un chat de gouttière, et se remet à son ouvrage : une longue écharpe de laine écrue. Elle tente ainsi d'effacer l'ardoise, puis, quelques minutes plus tard, revient à la fenêtre pour voir si ça a marché : l'effacement. L'homme gît toujours sur le trottoir. Alexandrine se ravise. Toute sa grandeur d'âme de chrétienne irréprochable se met en branle. Ce n'est pas le moment de faire une erreur si près du but. Elle est vieille maintenant. Ce serait dommage d'avoir du passif en se présentant devant le Seigneur. Elle empale l'écharpe sur les aiguilles à tricoter, caresse le chat en passant, pour contrecarrer le tremblement de ses mains. Parvenue devant le guéridon du salon, elle prend son téléphone en main, compose le numéro de la police, explique ce qui se passe, puis attend à sa fenêtre que Derrick arrive.

13

Je me réveille…

Une éternité plus tard.

Je souffre de plus en plus.

J'entends des sirènes, puis des mots.

Le rouge et le blanc dansent au-dessus de moi.

J'ai encore la force de prononcer mon nom, de parler du type que j'ai enfermé dans la cave.

On me répond avec douceur.

On me pose un masque à oxygène sur le visage.

Ça me fait un bien fou.

On veut que je reste éveillé.

Je dis que j'ai mal.

Les mots restent coincés à l'intérieur du masque.

Ne pas parler.

Il ne faut plus que je parle.

Je dois rester calme.

Ne pas m'endormir.

Je fais ce que je peux.

Ça va aller, maintenant.

On va bien s'occuper de moi.

Mon ventre me brûle.

Mais je respire mieux.

Ne pas m'endormir.

Je lutte.

Je flotte.

Je m'endors.

La meilleure chose à faire.

Rester éveillé ?

Pour quoi faire ?

Je me laisse aller, ça va beaucoup mieux quand je me laisse aller.

J'ai plus mal.

Plus mal du tout.

Tout va bien.

Tout va bien.

Papa, maman, Lilly…

N'ayez pas peur.

On s'occupe de moi.

Ça va aller.

Maintenant.

14

Lui, en équilibre sur son fil, qui ne voyait rien d'autre qu'elle sous le chapiteau.

La belle écuyère cavalait sur son beau canasson. Sa jupette se retroussait à chaque coup de reins de l'animal. Vu d'en haut, la vision était surréaliste, comme une fleur mobile faite de vêtements-pétales et de cheveux-étamines. Le jeune homme devait prendre garde à ne pas faire de faux mouvements. À sept mètres du sol, et sans filet, la chute aurait été fatale, mortelle même. Un véritable tour de force, n'empêche, de rester concentré avec un tel spectacle en contrebas. C'est qu'elle était jolie comme un cœur, sa Lilly. Sans oublier les mâles sur les gradins, qui auraient bien voulu faire un tour de piste avec elle. Sauf qu'il était là, toujours là, veillant à ce que personne ne quitte sa place, les clouant par la seule puissance de sa volonté.

Elle attirait tous les regards, pendant qu'il faisait son numéro de funambule sans aucune pression, sans roulement de tambours, ce qui sert à faire monter la tension du public, en temps normal. Aucun impact sur sa tête froide. Et quand il avait terminé, qu'il était de l'autre côté du fil, il observait le manège. Elle, tournant sur la piste, comme une souris dans une roue. Un sacré spectacle. Magnifique. Magique.

Qu'est-ce qu'on voyait bien d'en haut. Il était souvent pris d'une espèce d'euphorie et faisait alors une nouvelle traversée, passant d'un pilier à l'autre, pour le simple plaisir. Son corps gorgé d'adrénaline, jusqu'à ce qu'elle descende de son cheval et qu'il la rejoigne en souriant, glissant le long d'une corde sans nœuds, puis lui prenant la main, avant de saluer les spectateurs, qui, immanquablement, applaudissaient leurs prouesses.

Les spectateurs.

Pauvres aveugles.

Pauvres abrutis.

Et elle ne voyait que lui.

Lui…

Plus rien.

Maintenant, le jeune homme ne voit plus rien.

Dans cette cave.

Où l'obscurité est totale.

Pris au piège.

Il s'est fait avoir par le petit prof.

Il l'a sous-estimé.

Peut-être ne l'a-t-il même pas touché en tirant à l'aveugle.

Il reste trois balles dans le barillet de son revolver.

La force revient dans son corps.

La porte fermée n'est rien. L'ouvrir est un jeu d'enfant.

Il entend les craquements du parquet.

Des vibrations au-dessus de sa tête.

Il est entouré d'ondes perceptibles.

Son sens animal.

Un décalage s'opère en lui. Quand la force des désirs ordonne de succomber. Il sait que la volonté se trouve en ce point de rupture, là où succomber est le véritable choix. Sa volonté.

« Succomber » n'est pas le mot approprié, plutôt « répondre ». Toute question a sa réponse ; tout problème, une solution. Les trésors ne s'enfouissent pas dans le sable, ils se montrent au grand jour.

Et lui, il ne possède qu'un seul trésor.

Lilly.

À jamais.

Cette permission, qu'il se donne, de détruire ceux qui s'en approchent.

Sa légitimité : détruire.

Toujours.

Que va-t-elle devenir, s'il n'est plus là pour la protéger, lui montrer la voie ?

Une seule option lui saute à la gorge.

Plus la peine de réfléchir.

Agir.

Un coup porté sur la scène.

Un claquement sec qui fait éclater sa chair.

Un seul impact.

Définitif.

Pas de hasard.

La nécessité.

« Sweet dreams are made of this

Who am I to disagree ?

Travel the world and the seven seas.

Everybody's looking for something. »[1]

1. *Les doux rêves sont faits de ça*
Qui suis-je pour ne pas être d'accord ?
J'ai traversé le monde et les sept mers
Tout le monde est à la recherche de quelque chose.

15

Il est dix-neuf heures trente.

Lilly marche.

Des gens débauchent, certains visiblement pressés de rentrer chez eux et d'autres, à la recherche d'une amarre. Ils se désagrègent ou s'agglutinent. Ils sont lourds du poids qui les rive au sol. Au-dessus, le ciel est un drap blanc qui borde la ville. Les rues ressemblent à des saignées dans un corps de pierre, de brique, de parpaing, de bois, de métal et de plastique. Ici se joue la musique de la vie.

Lilly marche. Ça fait une heure qu'elle a reçu le coup de fil de ce flic en charge de l'enquête sur la disparition de Louis. Une heure qu'elle déambule, et que les mots entendus résonnent dans sa tête sans parvenir à trouver un emplacement satisfaisant. Une heure que les gens qu'elle croise l'évitent comme par miracle, qu'elle ne sait plus si ce qu'elle vit est bien réel.

Elle flirte un instant avec un souvenir, puis se ferme aussitôt à cette réminiscence. Elle voudrait comprendre ce qui précisément ne peut se comprendre, ce qui cloche dans cette belle soirée qui avance à pas feutrés. Elle se demande quelle est la logique qui préside au mouvement perpétuel qui l'entoure.

Combien de naissances en ce jour ?

Combien de décès ?

Et toutes ces sensations qui se sabordent au moment d'atteindre Lilly. Elle ne sait plus quelle est cette saison si avare en lumière. Ses repères volent en éclats, aspirés par un trou noir, puis se concentrent en un point fixe, une sorte d'étoile brillant dans l'obscurité, comme le point focal de son regard intérieur. Ses yeux suppurent un magma incandescent, une production tarissable de son propre corps, quand elle souhaiterait par-dessus tout que la brûlure ne cesse jamais.

Ce qu'on doit se dire en la croisant : qu'elle est belle, magnifique, qu'elle a tout pour elle, que les dieux se sont penchés sur son berceau. Mais personne, personne ne sait qu'elle a perdu un homme sans abandonner l'amour qu'elle lui portait. Que cet homme est mort, qu'il n'y a plus rien à faire pour changer ça.

Et la nuit tombe, crachant la lumière de l'autre côté du monde.

16

Hubert se penche à la fenêtre de son appartement donnant sur la rue. Il reconnaîtrait le bruit du moteur de la voiture de sa voisine entre mille. La confirmation, avec le toit blanc de la Chevrolet, déjà contre le trottoir. Avant de refermer la fenêtre, il pense à la seule interrogation qui lui vient à l'esprit : « Est-ce qu'elle aime Sardou ? » Il ne s'est même pas posé la question. Évidemment qu'elle aime Sardou : tout le monde aime Sardou, son charisme, un grand bonhomme. Et la chanson de la dédicace, est-ce qu'il l'a bien choisie ? Explicite, juste ce qu'il faut. Bien sûr qu'il a fait le bon choix et, de toute façon, il n'y a rien à jeter chez

Sardou. On ne peut que tomber sous son charme.

Dès qu'Hubert entend les pas de sa voisine sur le trottoir, il sait avec certitude quelles chaussures elle porte aujourd'hui : les escarpins noirs, avec la boucle dorée, qui lui affinent si délicatement le pied.

Après quelques pas, Suzanne se retourne vers sa voiture, appuie sur le bouton de la fermeture centralisée. Elle ne sait vraiment pas comment elle va réagir lorsqu'elle croisera son voisin. Elle se dit que quelqu'un qui aime Sardou ne peut pas être totalement sain d'esprit. C'est son défaut à Suzanne : les jugements à l'emporte-pièce. Elle en a conscience. Elle pousse maintenant la porte vitrée avec *Les Lacs du Connemara* dans la tête. Ne peut s'en débarrasser lorsqu'elle monte les marches de l'escalier menant à l'étage, courant presque pour ne pas croiser son voisin. Elle a d'autres chats à fouetter. Elle est toujours sans nouvelles de son collègue, Louis Forell. Et le concierge qui est en train de faire le ménage dans l'escalier. C'est bien le moment.

Hubert entend sa voisine discuter avec le concierge. Cinq minutes plus tard, elle lui apparaît tandis qu'il sort de chez lui par le plus grand des hasards. Petite gêne quand elle lui tend poliment la main. Sa main. « Bonsoir ! » Rien de plus. Une main douce, mais seulement une main. Pas un mot sur la dédicace. Quelque chose échappe à Hubert. Il tente alors de prévoir le temps, de dire le chemin que prendra la vie grâce à la météo à venir. La possibilité d'une promenade, de deux vies réunies en une seule. Pas deux vies distinctes. C'est trop con, deux vies. Puis la main qui ne lui appartient pas glisse de la sienne, se retire, et le corps de Suzanne fait de même, s'abîmant dans le couloir, comme au fond d'une oubliette.

Hubert est bien gentil, prévenant aussi, mais, décidément, Suzanne ne peut rien envisager de sérieux avec lui. Pas possible. Il a les mains moites. Elle n'aime pas la moiteur chez les gens. Ça lui transmet une onde de peur à chaque fois. Elle ne peut s'empêcher d'imaginer le corps malingre sous la chemise blanche, trop frêle pour l'idée qu'elle se fait d'un homme. Elle sait gré à Hubert de ne pas avoir mentionné la dédicace à la radio. Ils n'en parleront pas. Jamais. Elle espère ne pas l'avoir blessé. Parce qu'elle n'aime pas faire de mal aux gens. Malgré tout, c'est un type attachant, avec qui elle veut continuer à avoir de bonnes relations. Un voisin. Avec les mains moites et de déplorables goûts musicaux.

Hubert aurait voulu que la Chevrolet ne se gare jamais sous sa fenêtre, que Suzanne ait eu un accident, qu'elle se soit tuée en route. Au moins aurait-il eu l'espoir d'avoir été aimé. Au moins aurait-il eu l'espoir de conserver l'image d'un possible. Mais c'est une tout autre perspective qui s'offre à lui : il devra désormais vivre chaque jour à venir comme une vulgaire photocopie de la précédente, un copier-coller des soirées sans Suzanne Schmidt.

Suzanne entre chez elle, repousse la porte du pied sans la verrouiller, pose son sac sur le canapé, s'assoit sans ôter son manteau. Puis elle attrape le paquet de copies sur lesquelles ont planché ses élèves. Le sujet du jour : « Est-ce qu'un silence peut être assourdissant ? » Avant de les laisser débuter la rédaction, Suzanne avait demandé si quelqu'un connaissait le terme pour désigner ce genre d'association antagoniste. C'était Muriel Gauthier qui avait répondu, la fille qui avait tenté de se suicider quelques jours auparavant : « Un oxymore… c'est comme ça que ça s'appelle, madame… un oxymore. »

17

Une journée comme toutes les autres.

Hubert n'a pas arrêté de penser à Suzanne, au fiasco de la veille.

18 h 00 : Hubert éteint son ordinateur et range ses dossiers. Il tente de faire le vide. Le temps de sortir de son bureau, de traverser le couloir et de déboucher dans la rue, sous l'appendice en plexiglas des assurances NAXO.

18 h 10 : Hubert monte dans le bus. Plus de place assise. Le temps s'arrête de compter.

18 h 43 : Hubert descend du bus. La pluie a repoussé son territoire un peu plus loin, laissant le ciel s'éloigner. Le fond de l'air, comme

la surface. Une haleine parfumée à la source du monde.

18h52 : Hubert ouvre la porte de son appartement. Le chat se frotte à ses jambes. Il pose sa veste sur un cintre. Penser à passer au pressing. Enfile sa robe de chambre. C'est tellement bon d'être chez soi, bien au chaud.

19h30 : Hubert allume la petite télévision, posée sur le frigo de la cuisine, qu'il cale sur la chaîne régionale. Un chien a bouffé un gamin. Un conseiller régional inaugure une portion de route et un chanteur local a sorti un album à compte d'auteur.

19h35 : Hubert étale de la margarine sur deux tranches de pain de mie. Son repas du soir, qui le conduit jusqu'au bulletin météo.

19h50 : tout est rangé dans le salon. Hubert choisit un disque qu'il dépose sur la platine. Le diamant creuse des sillons, et Dalida se met à pleurer avec Lama : « Je suis malade… »

20h00 : Hubert fait le siège du monde. De TF1 à France 2, les mêmes ennemis, les mêmes remparts.

20 h 45 : Hubert entre dans sa chambre. Il tient une petite boîte en fer. Dans sa main se trouve ce qu'un homme ne devrait jamais perdre : l'espoir. Puis il fait basculer le volet de son secrétaire, qui révèle un coffre en bois. Il l'ouvre, y dépose le filtre de Chesterfield qu'il a ramassé sur le trottoir et recueilli dans la boîte en fer. Un filtre sur lequel Suzanne a posé ses lèvres.

21 h 00 : Hubert allume la radio à l'heure des dédicaces sur Colisée FM. C'est peut-être le moment de ne pas baisser les bras. Battre le fer tant qu'il est chaud. Il enlève sa robe de chambre et remet sa veste. Il est décidé à se livrer. Il est temps d'aller frapper à la porte de sa voisine, pour lui dire comment il peut aimer une femme. Elle ne pourra pas lui refuser son amour. Elle n'en a pas le droit. Il fera ce qu'il faut pour qu'elle comprenne.

Fermeture

— Ah, c'est vous… Que…

— J'ai quelque chose d'important à vous dire.

— C'est que je n'ai pas trop le temps, maintenant.

— Ça ne sera pas long, je vous le promets…

— J'ai des copies à corriger pour demain.

— S'il vous plaît !

— Bon, je vous écoute.

— Est-ce que je peux entrer ?

— Oui, bien sûr… Je vous en prie.

— Merci.

CHEZ LE MÊME ÉDITEUR :

FRANCK
LINOL
DERNIER RÊVE
AVANT LA MORT
MOISSONS NOIRES

Dernier rêve avant la mort
de Franck Linol

Le fidèle coéquipier du commissaire Dumontel, le lieutenant de police Dany Marval, un flic gay adepte de surf, a disparu durant ses vacances sur la côte basque. Deux autres surfeurs sont quant à eux abattus chacun d'une balle dans la tête. L'affaire est grave : des policiers corrompus, un agent de la DGSE sous couverture au Maroc mêlé à tout cela… Le mauvais œil est au-dessus de Dumontel qui va devoir enquêter en solo. Un polar dans l'univers des services secrets entre trafic d'armes et trahisons… Le 11e de la série des « enquêtes » du commissaire Dumontel qui sera « partout où nécessité fait loi ».

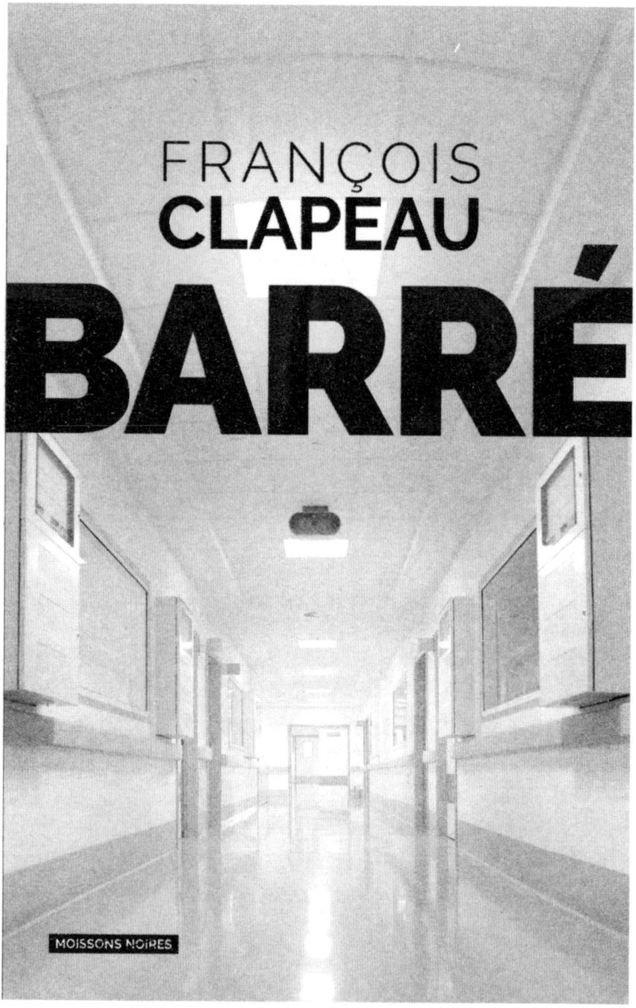
FRANÇOIS
CLAPEAU
BARRÉ
MOISSONS NOIRES

Barré
de François Clapeau

Un mouvement de paupière, un frottement de doigts, une simple ligne douloureusement tracée au feutre sur une ardoise… Des gestes rudimentaires devenus précieux. Foudroyé en pleine filature par le syndrome de Guillain-Barré, le lieutenant Donat Vigier est prisonnier d'un lit de réanimation. Il doit pourtant stopper l'errance meurtrière d'un inquiétant braqueur, alors qu'un autre danger le menace insidieusement jusqu'à la porte de sa chambre d'‘hôpital. De la tension des urgences aux frasques des étudiants en médecine, il découvre un univers déroutant où il ne peut avoir confiance en personne, pas même en ses propres sens.